Du même auteur

https://elgrandedidiloco.jimdofree.com

Disponibles en librairie

Le dialogue des carnes élites
2019

Bazar et Cécité
2018

Soixante-dix-sept
2015

Autres écrits

Le dodo de Dadier
2016-2021
Petites histoires et piécettes du « *Théâtre de Dodo* ».
Produit d'une (très) étroite collaboration avec Maura Murray

Charles Bantegnie 1914-1915
2014
Préface et traduction du carnet de guerre.

Toujours un pet plus loin
2014-2017
Les cinq premiers « Petits Ecrits à Tiroirs »
Augustin qui n'était pas un Saint - Le monde petit d'Augustin - Soixante-dix-sept (première édition) - Capilotades exquises - Ainsi parla Bacbuc.

La bobèche à pampilles

(Petit Ecrit à Tiroirs)

Didier Moity

© 2021, Didier Moity
Édition : BoD – Books on Demand,
12/14 rond-point des Champs-Élysées, 75008 Paris
Impression : BoD - Books on Demand, Norderstedt, Allemagne
ISBN : 9782322398225
Dépôt légal : Octobre 2021

Remerciements

Maura pour son support et les fastidieuses relectures

Jackot-la-moto, dialoguiste d'enfer

Louis, clarinettiste et (très) patient pédagogue

Anton, Leah et *Michel* pour les illustrations

Sans omettre la très chère

Avertissements

Par souci de simplicité, les tribulations *Augustiennes* sont narrées dans la langue dite de Molière. A quelques rares exceptions prés que tout un chacun, même s'il n'est pas polyglotte, pourra apprécier à leurs justes valeurs. Le lecteur pointilleux pourra bien sûr rétablir les dialogues des protagonistes dans leur langue d'origine ou dans toute autre langue de son choix. Que le noircisseur de pages en soit pardonné, il s'en moque un peu, l'affaire lui parait déjà suffisamment peu simple à raconter …

Pour le reste, toute ressemblance avec des événements récents, des faits réels, des personnages existants ou ayant existé, voire de célèbres institutions, serait totalement fortuite, irresponsable mais parfois volontaire. Sans aucune intention de nuire, il va de soi.

* * *
*

Le pressentiment, c'est le souvenir du futur.

Pierre Dac ; Les pensées (1972)

chapitre 1   Sapin et ça craint !

L'arbre est tenu bien droit devant elle, il est de belle prestance et trône au centre de la plateforme d'une rame vieillotte du métro parisien. On le croirait planté dans le sol tant il accompagne, sans vaciller, le roulis de la voiture ératépienne bondée. À la différence des passagers qui tanguent, en silence, arborant le regard morne de rigueur. Un filet en plastique blanc maintient toutes les branches comprimées et laisse s'échapper quelques aiguilles, conférant au paquet saucissonné l'allure d'une sucette géante à picots verts. Le résineux parfume l'air autour d'une jeune fille blottie contre le fier conifère qu'elle garde bien érigé devant elle, tel un partenaire un peu envahissant. Ils ont la même taille. Elle ne semble pas profiter du faible bénéfice olfactif, résultat d'une étreinte obligée. Les effluves tenaces du métro aux heures de pointe s'opposent avec brio au parfum résiduel de la forêt. Aucune contestation possible, l'air ambiant a occulté la tentative d'assainissement opérée par le végétal.

« Putain ! Me faire trinqueballer son arbre de Noël dans le métro un jour de grève ! Il est grave barge le vioque ! »

La jeune fille, visiblement excédée, relève sa chevelure brune d'un geste bref de la main mais n'a pas le loisir de poursuive son monologue bougon que d'ailleurs personne n'écoute. La rame vient de s'arrêter brutalement, l'éclairage s'éteint avant de passer en mode pénombre. Quelques cris étouffés plus tard, le son d'une voix criarde, sortie de nulle part, crachouille une suite de mots à peine compréhensibles.

« Problème ... va repartir ... voyageur .... pas bouger ... »

« Comme si ! » lance une voix excédée. Les autres passagers, résignés ou simplement habitués, se taisent, à l'exception de la porteuse de pin - on ne peut guère l'appeler autrement à ce stade de

l'histoire - qui pousse un long soupir bien sonore. Cette journée de merde n'en finira donc jamais. Elle en est maintenant convaincue.

« Et voilà ! On va en prendre pour des plombes !... »

Histoire de bien la contredire, une brusque secousse surprend les voyageurs debout, la faisant elle aussi basculer en arrière, sans qu'elle ne lâche son arbre. Elle reprend de justesse son équilibre mais continue à tituber pendant que la rame repart doucement puis accélère d'un coup. La cabriole humano-végétale se poursuit sous le regard des heureux voyageurs assis et amusés par le pas de danse involontaire de la jeune fille et de son arbre. Ils passent rapidement au mode esquive, en baissant les yeux, lorsqu'elle éclate de colère.

« Quel abruti ! Pouvait pas prévenir non ? »

Un passager finit par aider le couple à retrouver une position plus stable. L'humeur n'y est pas mais elle s'acquitte d'un vague et bref sourire de remerciement pendant que le métro reprend enfin sa vitesse de croisière. Elle compte le nombre de stations restantes, plus que deux arrêts.

...

Elle est exténuée. Après avoir péniblement escaladé l'escalier de la station Notre Dame de Lorette, elle pose le sapin contre le mur de l'église. Sur le trottoir d'en face quelques jeunes ados sont postés sur des poubelles et la scrutent, goguenards. Elle les fusille du regard, à tout hasard, puis extirpe de sa poche un téléphone. Trois sonneries plus tard, une fois la connexion établie, elle crie presque, sans laisser à son interlocuteur le temps de répondre.

« Augustin, j'en ai ma claque de ce sapin! Quand même plus simple d'acheter ça au monop' de la rue non ? Si vous y tenez tant, venez le chercher vous même»

« Pampille[1], je suis désolé, je n'avais pas réalisé qu'il y aurait un tel bazar aujourd'hui »

* * *

C'était il y a juste trois mois, rien n'allait bien pour elle, entre les grèves des transports et les autres galères urbaines dont l'ex-petite provinciale avait découvert les joies depuis sa récente arrivée dans la capitale. Elle en voulait aussi à ce vieil original qui l'hébergeait généreusement mais la laissait se dépatouiller, seule dans ce monde inconnu et imprévisible. Cet Augustin Triboulet [2] que sa grand-mère avait mis sur son chemin, sans hésiter et surtout sans vraiment lui laisser le choix.

« Ecoute Pampille, tu sais bien que je dois libérer ma loge, je n'ai pas le choix. Il a déjà gentiment accueilli un neveu à lui, il ne pourra pas refuser d'aider la petite-fille de sa concierge préférée... »

Sauf que le dit Augustin était à cette époque d'humeur morose. Oui, bien sûr, il accepterait de faire le taulier encore une fois. Son vaste appartement, rue des Martyrs, le lui permettrait bien, mais il avait annoncé la couleur,

« Cela serait sans conviction, genre service minimum, comme dans les transports en commun en ce moment [a] ».

Bel euphémise. Le coeur n'y était pas vraiment. Etait-ce le prochain départ de sa concierge Marie-Angèle [3]? Celle-là même qui lui fourguait sa petite fille à peine débarquée dans sa loge, sans prévenir et directement depuis Saint-Etienne ! Et voilà que l'énergique concierge profitait de sa retraite bien méritée pour se lancer dans un nouvelle aventure ! Serait-il devenu un peu jaloux de la voir partir à l'aventure ?

---

[a] *Ce qui en soit n'était pas très rassurant*

> « *Quelle idée de rejoindre cette association 'les grand-mères au pair'* [b] *! Et pour, en plus, partir en Ecosse ! Elle qui ne parle que le Portugais et se débat encore avec le Français !* »

Il savait que les interpellations intempestives de Marie-Angèle au seuil de sa loge lui manqueraient. Sa vision du monde aussi. Mi-triste, mi-optimiste, résultat sans doute d'une vie difficile à élever seule sa fille avant que cette dernière ne quitte l'horizon, certes limité, de la loge du 46 de la rue des Martyrs, pour reproduire le schéma familial et élever seule son enfant en province.

Lorsque Marie-Angèle, *Maria dos Anjos* la bien nommée, supplia Augustin d'héberger sa petite Pampille,

> « *Ce sera juste pendant quelques mois pendant mon séjour en Ecosse* » - avait-elle plaidée - il était lui-même encore sur le coup de la disparition soudaine de Charlie [4], son perroquet de compagnie. Un triste soir d'automne, le psittacidé bavard et aventureux, avait profité de l'inattention d'Augustin qui avait laissé une fenêtre ouverte pendant son absence.

> « *Ah quel idiot celui là ! S'envoler de l'appartement au seuil de l'hiver ! ...* » Une espèce de suicide qu'Augustin ne lui pardonnerait jamais. Ce vieux compagnon loquace et irascible lui manquerait aussi, assûrement.

Alors, oui, un peu de vie dans son grand appartement, fût-ce avec une presque gamine … Et il avait donné son accord à Marie-Angèle qui lui présenta sa petite-fille dans la foulée.

> « *Vous verrez Monsieur Augustin, elle parle encore plus que votre perroquet, cela vous fera du bien, et puis je serai de retour pour l'été prochain …* »

---

b *https://www.granny-aupair.com/fr*

Le soir même, l'adolescente attardée – un peu soulagée de ne plus avoir sa grand-mère sur le dos – s'était installée dans une des chambres, côté cour de l'appartement. Augustin lui avait ensuite donné les consignes d'usage « *pour une cohabitation harmonieuse* » avant d'annoncer devoir quitter l'appartement pour rejoindre une '*amie de longue date*' de passage à Paris.

« *Je ne rentrerai sans doute pas ce soir, n'hésite pas à te servir dans la cuisine* »

Pampille découvrirait plus tard qu'Augustin Triboulet, un (encore) jeune retraité énergique, agrémentait son célibat choisi de rencontres régulières avec cette *amie de longue date*.

« *Question d'hygiène sexuelle* », avait-il cru bon expliquer à Pampille, amusée par cette « *confidence de vieil excentrique* ». Dans son univers à elle, on aurait simplement parlé de plan cul.

« *Il avait de l'éducation*», avait-elle alors pensé.

* * *

Tout cela paraît si lointain à Pampille. Cette première soirée, seule dans un bel appartement parisien, restait un bon souvenir, une *soirée-ordi-cookies*, au lit, à se balader sur les réseaux sociaux, sans personne pour lui dire ce qu'il fallait faire et surtout ne pas faire. Elle avait quitté sa mère et Saint-Etienne sans regret et maintenant aussi son envahissante grand-mère qui l'avait pourtant accueilli sans poser de questions. Pampille l'adorait certes, mais à petite dose. Quand à son nouveau *taulier* un peu bougon, il lui paraissait prématuré d'avoir une opinion sur l'individu mais il avait tout du moins l'air inoffensif. Le lendemain, Augustin s'était pointé sur le coup de midi, guilleret. Après un moment de surprise, car il avait tout simplement oublié qu'il avait une nouvelle pensionnaire, il l'avait interrogé sur son installation et proposé de lui faire découvrir le quartier. Ce qui obligea Pampille à émerger de son état quasi comateux, après douze heures non stop sur écran.

Les semaines qui avaient suivi furent d'abord un délicieux moment de relâche pour Pampille. Elle savourait l'ivresse de l'indépendance et ressentait comme un grand appel d'air devant elle. Augustin était généreux mais ne se mêlait surtout pas de la vie de la jeune fille. Elle aurait pourtant presque préféré que le vieux bonhomme s'occupa d'avantage de ses états d'âme. Nombreux. Toujours trop nombreux. L'air du temps peut-être ? *Pas que.* L'hiver s'était installé, doucement, sans neige ni fracas dans un Paris tristounet et toujours en grève des transports.

« *C'est la saison* », avait sobrement expliqué Augustin, sans manifester la moindre sympathie ni hostilité à l'égard des travailleurs du rail. Petit à petit, la nouvelle routine urbaine et oisive commençait à pesait sur la jeune fille. Elle n'avait rien résolu. Fuguer de chez sa mère - qui a vrai dire s'en réjouissait - pour rejoindre la Capitale ... et puis maintenant, rien. Rien ne se passait et ce depuis son installation rue des Martyrs. À en regretter les engueulades incessantes qui avaient baigné son enfance. Elle croisait rarement Augustin, toujours très occupé, entre ses vadrouilles parisiennes et des restes d'activités qui lui tombaient dessus par surprise. Il avait pris sa retraite de journaliste scientifique depuis plusieurs années mais était encore sollicité par d'anciens contacts pour une pige de temps en temps. A se demander si ce n'était pas pour vérifier s'il était encore en vie. Toujours est-il qu'il ne s'occupait guère de Pampille. Sans aucun remord. Il avait prévenu.

« *Cela serait un service minimum, pas plus* » ...

S'ajoutaient aussi ses petits excès de morosité. Après la *fugue-suicide* de son infidèle Charlie qui l'affectait plus qu'il ne voulait l'admettre, c'était maintenant l'arrivée de son ami allemand Karl Matserath [5], prévue de longue date, qui était maintenant compromise avec tout ce bazar dans les transports en France. Augustin avait été chamboulé par la fin soudaine de cette histoire d'espionnage à Berlin [c] qu'il avait vécu l'été précédent avec Karl. Comment se résoudre à retrouver la vie tranquille du retraité lambda quand on a côtoyé l'**Action** ! L'ami qu'il s'était fait à cette occasion, l'ex-inspecteur général de la police Berlinoise était maintenant en retraite lui aussi. Il avait bien aidé Augustin à démystifier ces petits moments d'exhalation qui traversent tout acteur de terrain. *'Ah ! L'expérience inoubliable et surfaite de la montée de l'adrénaline !'* Augustin avait hâte de pouvoir retrouver ce nouveau compagnon afin de préparer une randonnée ensemble prévue pour le printemps prochain. Karl, tout récemment inoccupé, avait d'emblée été très réceptif à la proposition d'Augustin.

« *Ne t'attends pas à une balade irlandaise, genre De Gaulle errant sur une plage déserte après s'être fait viré ...* »

« *Dommage Augustin, je m'y voyais bien ... Dis moi, dans l'expression 'départ en retraite', il y a bien départ non ? Où irons nous donc ?* »

Ils avaient prévu d'en parler en fêtant la fin d'année ensemble dans un bon restaurant, parisien forcément. Karl, lui aussi sans enfant, avait obtenu comme cadeau de retraite de sa compagne, d'échapper aux festivités de Noël dans une belle famille qu'il appréciait molle-

---

[c] voir « *Le Dialogue des Carnes Elites* », la précédente aventure abracabrantesque d'Augustin.

ment. Le prétexte d'un séjour à Paris avait suffit. Les deux compères, en bons mécréants qu'ils s'étaient découverts être tous les deux, ne goutaient guère l'engouement général pour les célébrations obligées, mais ils considéraient que toute occasion restait bonne à prendre. La famille d'Augustin se résumait - et depuis un certain temps déjà - à son *'presque-neveu'* Manfred et sa petite famille, tous Berlinois d'adoption. Aucune visite prévue de ce côté là et la *Super-Nanie-Marie-Angèle* ne reviendrait pas non plus d'Edimbourg pour retrouver sa petite-fille. L'affaire paraissait bien établie. Et voilà que Karl était maintenant coincé par les gréves. Il avait horreur de l'avion et avait préféré annuler son voyage.

Les jeux étaient faits, Augustin se retrouverait à chaperonner la jeune rebelle Pampille pour Noël. Il échapperait certes à la messe de minuit, c'était déjà ça, mais il avait du accepter la présence d'un sapin, avec les boules et les guirlandes. La demande insistante d'une Pampille, qu'il imaginait plus anticonformiste, l'avait surpris. Il avait aussi réalisé – bien tardivement - que sa jeune co-résidente du moment n'était pas au meilleur de sa forme, recroquevillée sur elle même, en fait depuis son arrivée à Paris. Un zeste de culpabilité judéo-chrétienne l'avait rappelé à l'ordre ; y aurait-il urgence ? Il fallait intervenir et la secouer un peu.

« Pampille! On va fêter Noël ! Et pour commencer, que dirais-tu d'aller nous chercher un beau sapin ? Pas un de ces trucs moches dans notre rue. Tu verras, il y en a de très beaux du coté des grands magasins »

Pourquoi Pampille avait-elle accepté et même fait semblant de s'enthousiasmer ? Elle n'en n'avait aucune idée en quittant l'appartement. Et puis, tout en se dirigeant vers les grands boulevards, le poids de ces semaines *passées à ne rien vivre* s'étaient subitement fait ressentir. La foule fébrile, sinon joyeuse (on est à Paris), les décorations des grands magasins, rien n'y faisait. Toute cette agitation factice aggravait même une angoisse naissante. Elle s'était retrouvée déconnectée d'un monde bruyant et officiellement heureux. Ce qui aurait pu être une agréable promenade parisienne devant les vitrines décorées, tournait au cauchemar et s'était vite transformée en une triste galère. Avec en plus *ce p... de sapin !* qu'elle avait fini par dénicher, à prix d'or.

***

Elle ne faisait donc pas semblant de faire la gueule lorsqu'Augustin était enfin arrivé à *Notre Dame de Lorette* pour l'aider à porter la grande sucette verte dans son filet blanc. La remontée silencieuse des quatre étages pour atteindre l'appartement avait été à peine troublée par les commentaires qui se voulaient sympathiques de voisins tout sourire croisés dans l'escalier. La soirée s'annonçait plombée d'avance. Une fois rentrés dans l'appartement, la chose avait été placée en équilibre le plus stable possible dans le salon. Les deux porteurs enfin soulagés, restaient silencieux lorsque la soirée prit un tournant différent. Augustin se retourna brusquement vers la jeune fille.

« Pampille, les trucs de Noël et tout ça, c'est pas vraiment mon truc, j'avais cru te faire plaisir et j'ai tout gâché en te laissant te débrouiller toute seule ... »

Pampille le dévisageait impassible, sans mot dire. Augustin, penaud, reprit.

« Est-ce que cela te dirait de m'accompagner à un réveillon un peu particulier, pas loin d'ici ? Des amis organisent une soirée avec des gens du quartier, des gens un peu esseulés on va dire »

18

Elle avait entendu *isolés*. En tout cas cela ne pouvait pas être pire qu'un tête à tête avec Augustin à *'faire semblant'* - de quoi elle ne savait même plus - et elle avait acquiescé du chef, toujours silencieuse, restant sur ses gardes car elle pensait aussi très fort « *Une soirée avec des paumés, ça craint !*». Si fortement qu'Augustin devina son doute et ajouta,

« *A vrai dire, on verra bien, je les connais à peine ...* »

* * *

En cette soirée du vingt-quatre décembre, les piétons pressés de rentrer chez eux devenaient plus rares à mesure qu'Augustin et Pampille descendaient la rue Vauvenargue [d]. Il pressait le pas, regardant droit devant lui, histoire d'éviter la parlote avec une Pampille toujours aussi mutique. Juste avant de déboucher sur les Maréchaux, il lui fit un signe de la main et s'arrêta devant une porte cochère qui avait sans doute été jadis de couleur bleue, couverte de graffitis bariolés. Une affichette, scotchée à la va vite, souhaitait un joyeux Noël à tous, invitant le passant à découvrir les merveilles du *« Bric-à-Brac »*, c'était le nom de l'endroit. Pas de digicode, ni de cerbère en faction. Augustin avait à peine poussé la porte qu'un retentissant bruit de vaisselle brisa le silence et peut-être aussi pas mal d'assiettes.

« *Mais enfin Le Sdeffe ! Fais un peu gaffe !* »

Le grand gaillard qui venait de tancer le maladroit d'une voix forte, mais pas vraiment agressive, se tenait planté au fond d'une cour encombrée de toute sorte d'objets. L'endroit portait bien son nom. Il s'apprêtait à continuer la remontée de bretelle du dénommé *Sdeffe*

---

[d] *C'est ainsi, on la descend lorsqu'on vient de Montmartre*

situé à ses côtés, lorsqu'il aperçut le couple qui débouchait du couloir menant à la porte cochère.

« Alors on a des remords Augustin ? Finalement, tu viens passer Noël avec nous ? »

« Un second choix forcément » répliqua en souriant Augustin avant d'ajouter

« Mon ami Karl m'a fait faux bon, il n'a finalement pas pu quitter l'Allemagne avec tout ce bordel ... en revanche je te présente Pampille que j'héberge en ce moment »

La jeune fille, toujours muette, fit un signe de tête et parvint même à émettre un léger sourire.

« Venez donc ! Enchanté Pampille, moi c'est Pierre, même si tout le monde m'appelle Pierrot et voici Serge-dit-le-Sdeffe qui vient d'exploser le stock d'assiettes. On va finir par manger sur du papier ce soir ! Entrez donc ! »

Le briseur fit un signe làs de la main, avant de replonger entre les meubles pour ramasser son tas de porcelaine.

« Suivez moi et venez rencontrer les autres convives pour cette soirée de Noël ! »

Pampille et Augustin suivirent Pierrot qui se frayait un chemin dans un dédale empli de vieilleries en tout genre. De la vaisselle, en fait il y en avait un peu partout, posée sur des meubles branlants, *résidus et reliques du monde d'avant Ikéa* résuma Pierrot. La jeune fille suivait les deux hommes machinalement lorsqu'ils pénétrèrent dans une grande salle attenant au hangar qu'ils venaient de traverser. Une lumière crue inondait ce qui semblait être un coin cuisine où s'affairait un jeune homme. De l'autre côté de la vaste pièce, un espace un peu plus cosy était décoré de guirlande, façon Noël, à *« coup de ré-*

cup' » comme le précisa rapidement Pierrot avant de rejoindre, toujours suivi d'Augustin et de sa protégée, un petit groupe, une famille semblait-il. Une femme indienne d'âge mure, vêtue d'un sari multi colore trônait au milieu de trois jeunes enfants et d'une jeune fille.

« *Madame Suvathi et sa petite famille vont vous expliquer ce que nous préparons pour ce soir et il y a encore beaucoup à faire avant l'arrivée des autres, invités ou pas, donc ... au boulot !».* Sur ce, Pierrot tourna les talons. Il y avait beaucoup à faire.

* * *

Augustin, étant par nature assez obéissant, s'était donc mis au boulot, sous le contrôle vigilant de madame Suvathi. Il s'agissait de décorer la grande table avec toute sorte d'objets porteurs de fleurs de toutes les couleurs en papier crépon. Pas vraiment son truc mais il n'y avait rien à discuter. De plus il était plutôt ravi d'entendre Pampille rire car il n'avait pas fallu longtemps pour que la glace se rompe entre elle et la jeune fille indienne.

« *Je m'appelle Venmani, ce qui veut dire Joyau blanc en Tamoul.* »

« *Moi c'est Pampille, ce qui ne veut rien dire de mon point de vue.* »

Pourquoi avait-elles alors pouffé de rire toutes les deux, explosant d'un vibrant éclat ? Simple effet de relâchements simultanés ? Soulagement de ne pas être la seule *« jeune »* pour la soirée ? Ou était-ce l'effet d'une faille spatio-temporelle qui les réunissait après une longue séparation ? Augustin ne pouvait pas trancher définitivement en dépit d'un fort penchant pour la troisième hypothèse, mais avant-tout, il se réjouit secrètement de voir les deux jeunes filles détendues se mettre à l'écart et entamer une discussion qui visiblement ne re-

gardait personne d'autre. Pierrot était revenu et avait poursuivi sa présentation à destination d'Augustin.

« Vois tu, cette famille de Pondichéry n'est pas du tout aidée par la communauté indienne du quartier ! Jalousie ! Pure jalousie ! Et tout ça parce qu'ils parlaient français avant de débarquer à Paris ! Dis moi, c'est quoi cette époque où on se bouffe le nez entre pauvres et exilés ? »

Augustin leva les yeux au ciel. Il le faisait systématiquement quand son *« ami Pierrot »* commençait à s'emballer. Il ne scrutait pas nécessairement pas la lune mais cherchait juste une diversion.

« Oui, je les ai rencontré à la permanence des étrangers, je crois qu'au final ça devrait bien se passer pour leurs titres de séjour». Puis sur le même ton,

« Au fait Pierrot, il va falloir faire entrer des jeunes dans l'assoce, il n'y a plus que des retraités à l'acceuil et le niveau sonore à l'intérieur du local devient infernal ! »

« Ah bon ? »

« Tu sais, les vieux, ça entend moins bien, alors quand un étranger essaie de parler, déjà il faut le comprendre et si on lui demande, en criant presque, de parler plus fort, ça finit par devenir une vraie foire quand tout le monde s'y met ... »

Augustin se réjouit d'avoir pu détourner Pierrot pour le brancher sur un autre sujet pratique. Il se rappelait aussi très bien sa rencontre avec la petite famille indienne à la permanence d'accueil des réfugiés, la semaine précédente. La jeune fille maitrisait mieux que sa mère la langue Française et surtout leur situation administrative, embrouillée mais peut-être gérable. Elle avait surpris Augustin par sa vivacité et ses questions sur le système scolaire en France, se déclarant passionnée par les sciences. Alors que la famille quittait la permanence, elle s'était retournée vers Augustin.

« J'aimerais bien comprendre la différence entre la transformation chimique et la transformation physique. Vous avez une idée ? »

Passé l'étonnement Augustin avait tenté une explication peu brillante en évoquant pêle-mêle atomes, forces et autres. Peu satisfait de sa prestation, il s'était arrêté après sa troisième phrase, bien que religieusement écoutée par la jeune fille. Elle l'avait remercié et salué d'un sourire radieux avant de rejoindre sa mère.

* * *

Ce soir là, on fit bombance, réveillon oblige, grâce aux talents des deux cuisiniers commis d'office par Pierrot, Serge (le Sdeffe) [6] revenu en grâce après ses maladresses et un certain Iossif [7], boxeur Géorgien professionnel, de passage en France. Il venait de sortir de garde à vue suite à une histoire de vol dans un magasin Apple. Celui-là aussi, Augustin le connaissait, il avait assisté à son passage au tribunal. La juge avait eu un peu de mal à comprendre cette histoire de vol de *« mouse »* en lisant le rapport de l'accusation et avait fini, de guerre lasse par le condamner à une légère peine avec sursis car il n'avait pas d'antécédents judiciaires. Augustin avait été amusé par la réaction du Géorgien qui avait alors demandé au traducteur de se faire préciser par la juge qu'il pourrait encore venir en France pour ses compétitions. La juge, interloquée, avait haussé le ton pour bien se faire comprendre: *'s'il recommençait cela serait de la prison ferme !'*

« *Quand on a un truc en tête, on ne tient pas toujours compte de la réalité de la situation»,* avait conclu Augustin en évoquant la scène à Pierrot qui avait accepté de garder l'individu quelques temps. Au moins, cela lui permettrait de s'éloigner un peu de ses démons.

Venmani, Iossif ... autant de ces rencontres improbables que chérissait Augustin. Comme beaucoup de sa génération post-soixante huitarde qui s'étaient crus mandatés pour changer le monde, il avait milité dans sa jeunesse – certes mollement – avant de s'insérer sans hésitation dans une société où, ma fois, sa situation était devenu plutôt confortable. Maintenant, en vrai quadrupède de Panurge, il pouvait profiter du temps disponible enfin retrouvé pour renouer avec des idéaux un peu passés en seconde priorité pendant toutes ces années. Il avait rejoint une section locale de la première ONG qui se présentait ... Sa rencontre fortuite avec ce Pierrot, qui lui était resté fidèle à ses convictions depuis toujours, avait été très vite l'occasion d'échanges verbaux qui le ravissaient par leur intensité. Cela démarrait le plus souvent après avoir pu « *démerder* » une affaire de régularisation apportée par Pierrot qui voyait la misère et le désespoir défiler au *bric-à-brac*. Ils se retrouvaient alors autour d'un verre comme à l'occasion de leur première rencontre, celle qui avait mis les choses au clair tout de go.

« *C'est quand même plus pratique quand on est curé de ne pas dévier de l'objectif initial* » lui avait alors lancé Augustin en ajoutant, « *j'ai eu parfois l'impression d'avoir zappé quarante années, mais finalement les choses n'ont pas beaucoup changé; l'injustice sociale règne toujours en maitre* »

« *Vois-tu Augustin, dans les années soixante, je ramassais les balles, mais pas celles que tu crois. C'était sur le court de tennis d'un condominium de riches dans le XVI ième où habitait ma famille bien comme il faut. Au bout d'un moment je n'ai plus supporté ce milieu. Quand on veut avancer, il faut savoir brusquer la séparation et la route s'était retrouvée clairement tracée. Sans avoir besoin de faire la révolution »*

« Tu ne serais pas entrain de semer quelques graines de culpabilisation sur ce coup là ? »

« Curé certes, mais pas de ce genre ... » Faussement indigné Pierrot, avait alors saisi son verre avant de reprendre, ou plutôt de conclure,

« Et puis ce n'est pas la première ni la dernière fois que les croyants et les gauchos sur le retour se retrouvent dans l'action, non ? ». Augustin n'ajouta rien mais sourit, il n'avait pas entendu ce mot *'gaucho'* depuis des lustres.

* * *

Ce soit de Noël là, il y eut donc festin mais aussi danse et surtout Karaoké. Le Sdeffe avait déniché un projecteur, un vieux PC et une sono encore plus âgée et avait passé de bons vieux succès des années soixante dix. Enfin au début. Il y eut quelques classiques, genre Alexandra pour faire plaisir à Pierrot, déchaîné, chantant et mimant les chorégraphies qui avaient accompagné le bon vieux Cloclo.

« Il est peut-être un piètre convertisseur d'âme mais un sacré bon animateur » pensa Augustin admiratif.

Puis très vite Iossif dénicha sur internet des succès Géorgiens que, forcément, il était le seul à pouvoir bien apprécier. Signal de départ pour une espèce de mondiovision. En effet Venmani, ne pouvant pas être en reste et convoqua Bollywood. Alors on chanta et on dansa. Tard.

* * *

La rentrée à pied jusqu'à la rue des Martyrs prit un certain temps, mais cela importait peu à Pampille, maintenant devenue très bavarde. Les vannes étaient ouvertes. Le résultat de l'*effet Venmani*, pensa Augustin. Surtout lorsqu'une fois rentrée dans l'appartement, elle appela sa grand-mère en skype de fin de réveillon elle aussi pour lui souhaiter un joyeux Noël. Quand Marie-Angèle, lui demanda comment elle allait, elle fut littéralement aux anges, en entendant la réponse de Pampille.

« *Je pourrais être enfermée dans une coquille de noix et me regarder comme la reine d'un espace infini* »

Qui d'autre que la jeune Indienne aurait pu lui faire apprendre cette citation de Hamlet ? En la féminisant bien sûr.

* * *
*

« Big bang : pet foireux de Dieu, sans doute à l'issue d'une trop longue rétention d'infini ou d'une panne d'éternité »

extrait du « Dictionnaire de ~~la rature~~ »
de Geneviève Marie de Maupeou, Alain Sancerni et Lyonel Trouillot

Chapitre 2

Augustin broie du noir et cela peut-être contagieux

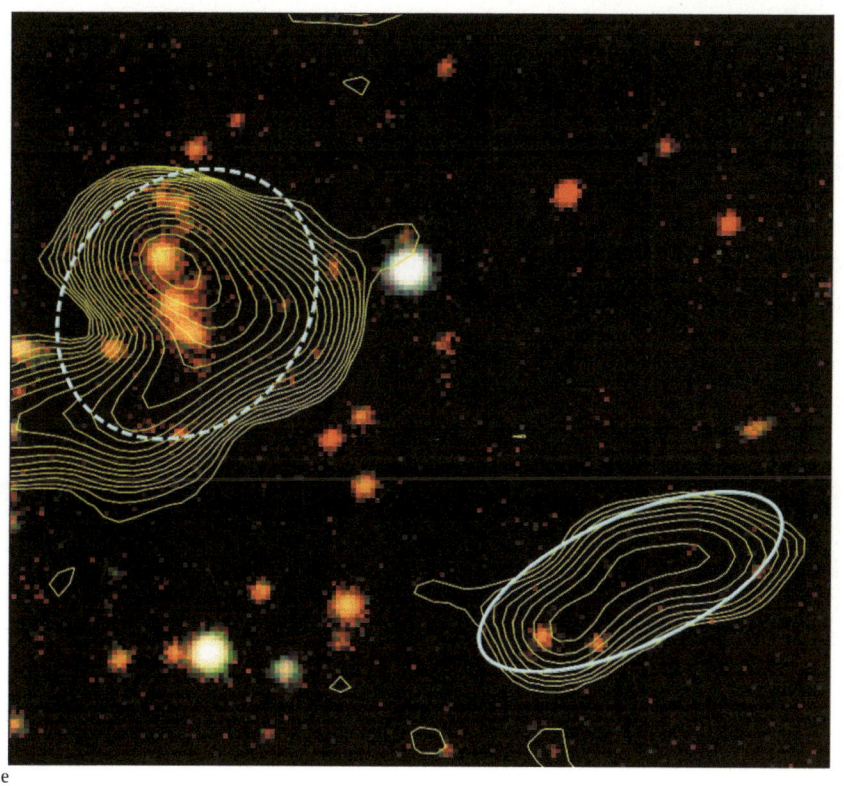

e

---

e *Source : Radio Galaxy Zoo: LOFAR Talk - Subject 52081180*

« Participer à la détection des trous noirs géants de l'univers, rien que ça ? ».

L'interlocuteur d'Augustin Triboulet avait visé juste. Il n'en avait pas fallu beaucoup plus pour capter l'attention du curieux. Cela s'était passé l'été précédent, lors d'une *« promenade-causerie-scientifique »* avec un ancien collègue. Quand ce sujet, très à la mode, des *trous noirs du Cosmos* fût abordé, il s'était vite laissé envahir par le discours enthousiaste du dit collègue. Celui-ci connaissait bien son bonhomme et pas mal aussi son sujet. Il lui avait expliqué l'état des recherches en cours sur ces puits de gravité quasi-infinie dont même la lumière ne pouvait sortir. Il y avait même – selon lui – une mobilisation des astronomes amateurs pour aider les scientifiques.

« Tu te rends compte ! 50 000 antennes réparties dans 48 stations, un peu partout en Europe, *pour traquer ces monstres du cosmos appelés « trous noirs super massif* [f] *! »*

Il avait ensuite gavé Augustin d'information, l'engageant à rejoindre la communauté des volontaires qui fouillaient l'univers. Il lui suffirait pour cela d'examiner, sur son ordinateur, des images obtenues des scientifiques un peu débordés par l'avalanche de clichés qu'ils obtenaient.

« C'est bien simple Augustin, les programmes informatiques de reconnaissance ne s'y retrouvent pas toujours ! On a besoin du regard et de l'intuition humaine ! »

---

[f] *LOFAR Radio Galaxy Zoo est un nouveau programme de science participative lancé à l'échelle de la planète. Coordonné en France par l'Observatoire de Paris – PSL, le CNRS et l'Université d'Orléans, il donne à quiconque possède un ordinateur la possibilité d'aider la communauté scientifique à comprendre l'origine des centaines de milliers de sources de trous noirs qui ont été mises au jour par le radiotélescope LOFAR (Low Frequency Array).*

« Soyons sérieux ! Je me targue volontiers d'avoir quelques bases mais je ne suis pas astronome ! »

« Pas besoin ! On apprend aux volontaires à observer, sous différents angles, des images de l'univers lointain, ils font leurs propositions et en causent sur un blog. Un comité tranche et de temps en temps, c'est 'bingo ! » Et de conclure,

« Augustin, il y a un trou noir géant pratiquement au centre de chaque galaxie, la notre comprise ! Il y a deux mille milliards de galaxies ! Tu vas bien pouvoir en trouver un, non ?

Augustin, quoique sensible à ce dernier argument, avait d'abord imaginé lui répondre avec une citation qui lui venait à l'esprit, *'Les technologies d'aujourd'hui procurent à la connerie des bottes de sept lieues* [g]. Il était parvenu pourtant à se contenir, se rappelant une critique récurrente le concernant *'Augustin, tu peux être pédant et cela ne s'arrange pas avec l'âge'*, il se résolut donc à répondre à l'invitation de manière énigmatique.

« Le clou qui dépasse attire le marteau »

Cela avait suffi à calmer l'enthousiasme de son interlocuteur et les deux bavards rêveurs en étaient restés là.

Jusqu'à ce jour d'un printemps précoce où tout, ou presque, devait s'arrêter brutalement. Augustin, se retrouva coincé chez lui, comme une bonne partie de l'humanité. Il se rappela alors cette conversation.

« Finalement, quitte à devoir se trouver une occupation en restant cloîtré ... »

---

g   *reprenant ainsi sans vergogne un bon mot de Jean-Francois Marmion*

Sinon pour *LA* Science, en tout cas pour tuer le *temps disponible en pagaille*, il décida de se mettre à chasser le trou noir. Fortuitement, ils se souvint du nom du projet, *Zooniverse* [h]. L'inscription sur internet était facile, le tutoriel très explicite et il commença sans attendre sa nouvelle quête … Laborieusement d'abord, mais sans hésitation - pas le genre du bonhomme - il proposa très vite le résultat de ses observations sur le blog des *« Chasseurs de Trous Noirs Super Massifs »*. Après quelques rebuffades peu cordiales, il apprit à reconnaître, parmi ses correspondants, les vrais passionnés qui pouvaient l'éduquer dans cette quête mystérieuse. Il sut aussi ignorer avec superbe les trolls malfaisants qui racontaient n'importe quoi pour se faire valoir.

« Rien de neuf de ce côté là , c'est bien connu, les cons ça ose tout …[i] *»*

Et il se mit à fréquenter cet entourage virtuel avec assiduité. Ce qui n'était pas vraiment une performance vue la tendance générale à un huis clos domestique peu propice à la distraction sociale. Chacune de ses journées commençait désormais par l'examen d'une nouvelle série d'écrans, proposés par *Zooniverse* lorsqu'il se connectait. La découverte quotidienne sur son ordinateur d'un minuscule coin du cosmos dans lequel se prélassaient quelques galaxies plus ou moins lumineuses, en grappes ou isolées, le réjouissait au plus haut point.

« Un vrai petit chef d'oeuvre abstrait qui se renouvelle enpermanence, un vrai feu d'artifice ! ».

---

h *https://www.zooniverse.org/projects/chrismrp/radio-galaxy-zoo-lofar*

i *Il est sans doute inutile de rappeler en entier la célèbre citation de Michel Audiard*

Puis venait le moment critique où il devait *'oser'*. Il lui fallait marquer un point sur son écran et décider ainsi de la localisation hypothétique d'un *«Trou Noir Super Massif »*, responsable de toute l'agitation, pour ne pas dire de tout ce bazar dans cette minuscule portion du cosmos. Et cela sans que l'on puisse *'voir'* le monstrueux coupable lui-même, car invisible par définition ... Le tout lui plaisait bien, avec l'espoir secret, bien sûr, de faire porter son nom à l'un d'entre eux.

« *On est mégalo ou on ne l'est pas ... Mais avant tout, suivre son intuition et savoir la justifier !* »

En effet, Augustin savourait plus encore l'instant suivant : expliquer son choix aux autres observateurs sur le blog dédié. Il y avait identifié les habitués, les tenaces et les dilettantes. Tous cachés derrière leur pseudo et souvent prompts à ferrailler pour imposer leur point de vue. Augustin n'avait pas assez d'imagination, ou alors une trop haute idée de sa personne, pour ne pas s'identifier autrement que par son nom. Et c'est donc un certain « *Augustin T.* » – pseudo jugé assez original par la communauté des chasseurs (de trous noir) – qui se fit très vite une réputation de découvreur, voire d'accoucheur de monstres cosmiques et surtout super massifs. La réclusion forcée du moment avait tendance à sublimer la pertinence des faits et des émotions. Augustin traversa ainsi les premières semaines de ce printemps très particulier en mettant un pied (curieux) dans l'univers lointain chaque matin.

Sa jeune co-résidente, elle aussi maintenant recluse obligée au 46 rue des Martyrs, semblait s'accommoder de la situation et partageait sans difficultés les taches d'intendance. Son moral ne paraissait pas affecté par la situation sanitaire, voire semblait s'améliorer. Augustin se disait que, ma foi, en dépit de circonstances dramatiques, ce printemps deux mille vingt pouvait apporter des satisfactions inattendues. Enfin, si l'on était né sous une bonne étoile.

* * *

Pampille et Venmani avaient tenu une promesse faite à Noël. Elles avaient repris contact peu de temps après cette improbable soirée au *Bric-à-Brac*. Deux fortes personnalités, deux mondes à elles toutes seules, la provinciale Stéphanoise révoltée et branchée et l'intellectuelle Indienne exilée. Ce que l'une semblait vénérer avait été rejeté par l'autre. *Pampille-la-geek* craignait tout ce qui pouvait évoquer la scolarité, quel que soit le sujet et n'avait jamais supporté les *polards* et leur certitudes. *Venmani-la-forte-en-tout* détestait les *accrocs-des-écrans* et avant tout leur addiction aux réseaux sociaux qu'elle jugeait tous plus débiles les uns que les autres. Une connivence inattendue s'était pourtant amorcée à l'occasion de cette *soirée de vieux* au *Bric-à-Brac* qui aurait pu être très, très ennuyeuses, sans leur rencontre. L'une comme l'autre avait eu cette envie d'en savoir plus sur … sur quoi, à dire vrai ? Elles n'en savaient trop rien, mais les à priori de l'une sur l'autre s'étaient pour sûr volatilisés lorsqu'elles s'étaient toutes deux lâchées en ce soir de Noël. Était-ce le résultat de leur interprétation en duo du rap guttural pratiqué par des musiciens de Mongolie, le *'célèbre'* groupe *Hu* ? Difficile de se prononcer, toujours est-il qu'elles s'étaient retrouvées assez vite aux puces de Clignancourt dans un troquet prés du marché Biron.

…

« *Pampille, t'aurais pas envie de faire un bon gros gag ?* »

« *Genre ?* »

« On invente une histoire et on la fait gober par le plus grand nombre de gens possible pour faire naitre une rumeur ? **Toi qui pratique beaucoup les réseaux,** *c'est facile non ? »*

« Y a déjà du monde qui fait ça depuis longtemps sur le net **tu sais Venmani** *et c'est pas toujours du joli, entre les obsédés, les barges et les complotistes ... »*

Pampille avait essayé de répondre avec tact, mais un trait légèrement sombre sur son visage la trahissait, induisant indirectement un, *« Comment être aussi naïve ! »*

« Ne te moque pas Pampille ! Je veux dire, un truc quasi sérieux, mais pas trop... Faut que j'attende bien sagement mon hypothétique régularisation et une carte de séjour et je pensais que tu pourrais m'aider sur ce coup là, ça ferait passer le temps ... »

Pampille se contenta d'abord du silence en guise de réponse. Elle admirait l'apparente sérénité de Venmani. Ses propres états d'âmes ne pesaient pas lourds en regard de la crainte permanente de se faire expulser de *« sa nouvelle copine »*. Elle redressa la tête

« Allez ! C'est quoi ton idée ?

Venmani avait visiblement quelque chose en tête.

« On va faire du lobbying pour que Pluton retrouve son rang de planète »

« Carrément ? J'avais eu un peu peur ... je te sentais franchement polarde, mais là, c'est le pompon ! »

Pampille avait craint ou espéré quelque chose d'un peu plus sexy, au propre et au figuré, alors elle se contenta de rire – gentiment – tout en réfléchissant. Après tout, vues les dernières news, les prochaines semaines s'annonçaient bien moroses, autant se lâcher. Elle avait pris un air conspirateur, chuchotant presque.

« Bon ! Alors, on fait pas genre et on invente un vrai mytho ! Un mec ou une meuf ? En tout cas quelqu'un de fin pété de la caisse , ça le ferait non ? »

Puis, soudainement consciente de ses raccourcis linguistiques,

« Je veux dire, une personne pas ordinaire et qui sera le porte parole de ce combat pour la vérité : Pluton EST et sera toujours une planète ! »

Un nouvel éclat de rire partagé ponctua la déclaration enthousiaste de Pampille. C'est ainsi qu'une certaine *Eloïse Lastic* [8] avait pris chair, ou cher. A coup de créations de comptes mail et d'autres avatars sur divers sites spécialisés, elle s'était retrouvée dotée d'un CV crédible en première lecture et surtout, elle animait un blog d'astronomie joyeusement alimenté par plusieurs individus aux pseudos inventés par Pampille et **Venmani.** Le nom du blog pouvait prêter à confusion : *« Les Orphelins de la neuvième »*. Il n'y était pourtant pas question de musique. Il s'agissait de rassembler les arguments et de mobiliser les énergies pour redonner à Pluton son statut de planète. Neuvième à graviter autour du soleil. Enfin ça c'était avant … Avant qu'elle ne soit déchue au rang de planétoïde, au grand dam de certains astronomes américains [j] qui n'avait désormais plus de découverte de planète à leur actif. Quand à Beethoven et sa neuvième symphonie …

Pampille et Venmani unissaient leurs talents et mobilisaient une belle énergie à faire vivre sur la toile cette Eloïse Lastic qui enchainait prises de positions, pétitions et tweets au sujet de Pluton.

---

[j] *Pluton fut découverte par l'astronome américain Clyde Tombaugh en 1930.*

Elles se servaient de nombreux textes qui avaient déjà été publiées lors de la déchéance de l'ex-planète congelée. Tout cela occupait bigrement les deux jeunes filles qui, faute de pouvoir désormais se retrouver physiquement passaient pas mal d'heures ensemble sur leurs écrans respectifs à échafauder les interventions de leur très docile complice virtuelle et à préparer les réponses aux fils de conversations qui commençaient à s'étoffer.

Pouvaient-elle vraiment se le cacher ? Il s'agissait surtout de tuer le temps. Elles n'étaient pas les seules à s'y employer. Depuis leur dernière rencontre aux Puces, le monde s'était brutalement rétréci. D'un coup, d'un seul. Venmani échappait ainsi à son huit-clos familial obligé et inquiet, grâce à ces interminables sessions avec sa nouvelle amie qui les faisaient voyager dans le système solaire. Expéditions inter-planétaires forcément parsemées de fous rire. Pampille prétendait ne pas être affectée par l'angoisse rampante et *« tout ce bordel»* qui paralysait la société dans son ensemble. Ces moments de rigolades astronomiques lui permettait de s'extraire du quotidien de plus en plus lourd que tout le monde subissait. Ce faisant et sans le savoir, elle imitait son co-résident. Elle donnait bien le change lors de son appel quasi quotidien avec sa grand-mère, elle-même coincée en Ecosse. Il s'agissait de la rassurer, d'autant que la cohabitation avec Augustin s'avérait plus facile. Il avait infléchi sa politique du service minimum d'hébergement de la petite fille de son concierge. Un peu plus de dialogue et de chaleur avait maintenant envahi l'intérieur spacieux et rassurant de l'appartement. Il faut avouer que Marie-Angèle ne lui avait pas laissé le choix.

« Après tout ce que j'ai fait pour vous, sans parler de Charlie, j'espère que vous vous occupez bien de ma petite Pampille, surtout en ce moment ! »

Le bougon Augustin s'accommodait d'autant mieux de la présence de Pampille que sa vie sociale dans le monde réel se résumait désormais aux échanges avec les commerçants de la rue. Comme beaucoup de ses relations, il prétendait lui aussi haut et fort que toute cette histoire d'isolement obligé ne l'affectait pas tant que ça. N'empêche … Lorsqu'au détour d'un échange sur son blog des chercheurs de trous noirs, il identifia les commentaires récurrents d'une certaine *E.Lastic*, il entra en relation avec cette personne. Il eut alors cette agréable sensation de *'Tiens ! C'est comme avant ». On pouvait donc encore rencontrer de nouvelles gens !'* L'initial du prénom, accolée à ce patronyme particulier ne l'avait pas même intrigué. C'est ainsi qu'Augustin Triboulet devint un correspondant régulier d'Eloïse Lastic, alias Pampille. Sa jeune co-résidente, fut (juste) un peu gênée d'entrer dans l'intimité d'Augustin, se régalant des échanges courtois d'E.Lastic avec son hébergeur qui défendait avec passion ses trouvailles. Fort heureusement pour elle, Venmani l'assistait *off line* pour étoffer le contenu des réponses dont Pampille peinait à comprendre la signification.

Tout avait débuté sur un autre coup de tête des deux jeunes filles. Pampille et Venmami se lassaient de la *tchach plutonienne* sur le blog des *orphelins de la neuvième*. Elles avaient même osé invoquer la mythologie pour étoffer les échanges. Pas génial. « *Pluton, dieu des enfers, kidnappeur de Cérés, la plus petite planète naine »*, tout cela ne menait nulle part et les deux amies tournaient un peu en rond sur leur blog. L'atmosphère au 46 de la rue des martyrs s'en ressentait. Pampille se recroquevillait de nouveau. Et il y eut ce matin quand Augustin la houspilla un peu durement car, selon lui, elle ne mettait pas à profit son heure de liberté quotidienne pour aller s'aérer et marcher un peu dans le quartier.

« Dis donc Augustin, je ne mêle pas de vos affaires cosmiques moi ! »

Conclusion quelque peu rêche de l'échange un peu vif qui avait suivi la remarque du grincheux. Le mal était fait et l'après midi même Pampille avait décidé de s'amuser, en pimentant la vie de l'astronome de salon qui l'hébergeait en lui mettant dans les pattes Eloïse Lastic. Il faut dire qu'Augustin partageait avec enthousiasme ses trouvailles. Peut-être trop, allant jusqu'à imprimer des images obtenues lors de sa quête des trous noirs pour les accrocher aux murs, surtout lorsqu'elles étaient validées par ses pairs.

Alors oui ! La virtuelle E.Lastic se devait de chahuter les certitudes de l'apprenti astrophysicien en challengeant ses prétendues découvertes. Aidée par sa complice, Pampille avait rejoint le *Zoonivers* d'Augustin, d'abord très cordialement, puis d'une manière de plus en plus critique. Venmani découvrait l'astrophysique avec délectation et préparait les réponses en reprenant les arguments qu'elle glanait sur le net. Augustin recevait désormais des messages courts et incisifs d'E.Lastic à l'occasion de chacune de ses publications sur le blog des *Chasseurs de Trous Noirs Super Massif.*

Toute cette activité occupait de plus en plus les deux complices et d'avantage encore leur cible qui, chaque matin, ouvrait son ordinateur avec impatience, sinon appréhension. La disparition de Charlie suivie du départ précipité de Marie-Angèle étaient devenus de vieux souvenirs, les journées d'Augustin s'enchainaient machinalement, entre son exploration du cosmos – sans le savoir sous surveillance - et balade d'une heure à l'intérieur du cercle d'un rayon d'un kilomètre réglementaire, pour décompresser.

Il avait lu quelque part qu'une routine bien établie permettrait de traverser au mieux cette étrange période mais, décidément, cette E. Lastic le serrait d'un peu trop prés.

* * *
*

« Moi qui tremblais, sentant geindre à cinquante lieues
Le rut des Béhémoths et les Maëlstroms épais »

Rimbaud , Le Bateau ivre

Chapitre 3 Panique à Georgian Heights

David [9] et Lizbeth [10] Hume sont arrivés en Ecosse à la fin de l'automne deux mille dix neuf, avec leur fille unique Wendy [11] et leur chien Béhémoth [12]. Cette petite et riche famille du sud des Etats-Unis avaient débarqué un soir de Novembre à Edimbourg. Pleine d'insouciance, comme s'il s'agissait d'aller passer un week end un peu plus loin que d'habitude, voilà tout. Sauf qu'ils venaient s'installer pour un an, durée du contrat de recherche de Lizbeth au *Royal Observatory of Edinburgh*. David n'avait jamais vraiment eu besoin de travailler, enfin pour gagner de l'argent. Ce séjour l'enchantait au plus haut point. Il se retrouverait ainsi sur les traces d'un autre David Hume [13]. Il n'avait aucun lien de parenté avec ce célèbre philosophe, mais cela lui paraissait *'very exciting'*. Il allait aussi s'occuper de la petite Wendy afin que Lizbeth puisse se consacrer, sans soucis matériels, à ses travaux scientifiques. Enfin, c'était le deal avec Lizbeth. Connaissant le côté un peu distrait, pour ne pas dire fantasque, de son mari, elle avait préféré sécuriser la situation et avait recherché une garde d'enfant. Une annonce sur internet l'avait intrigué.

Une mamie dans nos vies !

**Créer un lien entre les générations
Aider les familles à trouver un mode de garde d'enfant à domicile
Nous recrutons des profils de mamies en France afin de les présenter
aux familles du monde entier !**

« *Une nannie au pair française ? Voilà qui ne mettra pas mon nouveau stock de bon vieux scotchs écossais en péril !* » L'adhésion implicite de David avait suffit. Quelques jours plus tard, après deux échanges téléphoniques et un skype, Marie-Angèle avait séduit la petite famille. Les Hume étaient rapides en affaire et surtout Lizbeth parlait bien français, cela avait aidé. L'entretien skype aurait pu être une Bérézina technologique pour la concierge retraitée qui avait candidaté, sans la présence imprévue et déterminante de sa petite fille Pampille. Elle venait de débarquer chez elle et avait trouvé la situation trop comique !

« *Ma grand-mère, en entretien d'embauche pour être au pair en Ecosse ! Alors ça, c'est carré !* »

Marie-Angèle s'était fait faire une permanente en urgence et avait tenu à chausser son unique paire de hauts talons.

« *Tu comprends Pampille, ça fait plus distinguée* ». L'ordinateur portable de Pampille était pourtant bien placé sur un dictionnaire, à la bonne hauteur, laissant seulement apparaître le haut de son buste et son visage. Cela n'avait pas d'importance, elle voulait

« *Être tirée à quatre épingles, un point c'est tout !* »

* * *

La soirée était fraiche mais sans pluie, histoire de démentir la réputation de ce pays qu'elle découvrait depuis l'arrivée de son vol, une heure auparavant. Marie-Angèle était encore étourdie par la suite des événements depuis son embauche express. L'ivresse, suite à la réponse positive des Hume, l'angoisse due à son départ prochain et puis l'inquiétude pour Pampille, tout juste arrivée de sa province ! Ah ! Pampille, qu'il avait fallu caser chez Augustin Triboulet car elle devait libérer la loge. Sans parler des valises à préparer pour six mois ... Et là maintenant, c'était la rencontre, pour de vrai, avec les Hume. Enfin presque. Elle attendait, bien droite entre ses deux énormes valises, le chauffeur promis par la famille Hume, à la sortie du terminal unique de l'aéroport d'Edimbourg. Au bout de quelques minutes, inquiète, elle finit par apercevoir au loin sur le même trottoir un panneau.

Marie-Angèle

L'homme, qui le tenait à bout de bras, la remarqua enfin et s'empressa de répondre à ses gestes avant de la rejoindre en s'excusant. Il saisit les bagages de la voyageuses qui tenait toujours fermement en main la photo que Pampille avait insisté qu'elle imprime avant de quitter Paris. Celle d'un jeune couple sympathique avec une petite fille de six ans et un Golden retriever. Maintenant installée confortablement, le tout lui paraissait un peu irréel et bien clinquant - la voiture surtout - comme dans une de ces mauvaises séries TV dont elle raffolait. Sauf que cette fois ci, elle était dans le casting et le véhicule filait dans la campagne verdoyante sous un soleil inattendu et déclinant. Le chauffeur restait silencieux, un peu contrarié d'avoir raté l'acceuil de sa passagère. Les Hume avaient bien parlé d'une *au-pair* mais sans avoir précisé *nanny*.

« *Même pas peur* » se disait elle, un peu surprise d'être aussi calme, seule à l'arrière de l'imposante BMW qui filait sur la route vers les *Georgian Heights*.

***

Normalement, on ne quitte pas quarante années de loge aussi facilement, avait confié Pampille à Augustin, en voyant s'éloigner le taxi qui avait emmené Marie-Angèle à Roissy le matin même.

« *Peut-être, mais ta grand-mère est-elle normale ?* »

Augustin ne faisait pas allusion à la dernière lubie de sa concierge, les arts martiaux, mais il y pensait. Clairement, elle allait lui manquer.

* * *

Le domaine de *Georgian Heights* est situé en banlieue sud d'Edimbourg, ce qui veut dire presqu'en pleine campagne, non loin du *Royal Observatory* situé sur la colline de *Blackford Hill*. La bâtisse avait séduit les Hume immédiatement. Lui, pour son côté classique et la taille de cette construction du début XIX siècle, plantée au milieu d'un grand parc boisé, elle par la proximité de l'observatoire. Le flambeur et la chercheuse avaient seulement oublié de vérifier l'état exact de l'aménagement intérieur qui laissait fortement à désirer. L'endroit n'avait pas été habité depuis des années. Seules quelques pièces étaient encore meublées. Il faut se méfier des photos publiées sur internet. Les propriétaires avaient bien mené l'affaire, face à des gens pressés et un peu naïfs. Il en fallait plus pour décourager les Hume qui se mirent aussitôt au travail pour rendre l'endroit d'abord vivable puis agréable. Le jeune couple s'était immédiatement mobilisé pour redonner vie à l'endroit. David avait en particulier décidé de redécorer le grand salon de réception un peu décrépi et mal éclairé. Pas le plus urgent selon Lizbeth mais elle aussi, était secrètement très désireuse de pouvoir jouer à la châtelaine, un de ces jours. Les plus heureux étaient incontestablement Wendy et Béhémoth qui jouaient dans le grand parc et dans la vaste *mansion*. Deux étages, un toit mansardé, huit chambres au total, il y avait de quoi faire.

* * *

« *Donne moi une bonne raison !* »

La jeune enfant qui venait de s'exprimer regarda fixement l'adulte incrédule, son père, qui venait de lui interdire de reprendre un morceau de chocolat. L'adulte en question aurait bien ri du bon mot mais se reteint et opta pour la discussion avec l'enfant au visage renfrogné.

« *Vois tu Wendy, je n'en ai pas. Enfin, pas qui te convaincrait, quand au chocolat il te faudra attendre ...* »

L'enfant était prête à passer à autre chose. Cette petite phrase avait surgi sans crier gare dans son esprit, écho d'un truc entendu sans doute lors d'un échange un peu vif entre ses parents. Mais le fond de sa pensée restait le même.

« *Je veux manger !* »

David était habitué aux sautes d'humeurs de sa petite fille mais toujours un peu désemparé devant ses fringales incontrôlées. Il fallait agir vite si l'on voulait éviter une crise majeure. Aussi, lorsque Marie-Angèle, suivie du chauffeur et de ses valises, pénétrèrent dans la cuisine il se sentit sauvé. Elle arborait un grand sourire. Elle se présenta, salua David et se dirigea sans hésitation vers la petite fille avant de s'accroupir devant elle pour s'entendre dire,

« *J'ai faim !* »

« *Et si on préparait une pizza avant que ta maman arrive ?* »

Car oui, on peut être d'origine portugaise et connaître le bienfait de la fabrication collective de la pizza pour débloquer une situation de fringale enfantine. Marie-Angèle avait immédiatement jaugé David à l'instinct. Il n'y avait rien à espérer de ce côté là, même s'il ne fut pas le dernier à se mettre à la fabrication des pizzas *'avec tout ce qui trainait dans le frigidaire'*. Le chauffeur, lui même ...

* * *

Lizbeth avait commencé son travail à l'observatoire depuis un mois maintenant, vite intégrée dans l'équipe écossaise ravie d'accueillir du *sang neuf*. Sa réputation en matière de planétologie l'avait précédée mais c'est surtout son éclectisme qui impressionnait ses nouveaux collègues, habitués aux spécialistes en tout genre et à leurs certitudes ancrées dans leur étroite expertise.

Marie-Angèle se consacrait à la petite Wendy avec bonheur. Elle allait la chercher chaque après midi à l'école voisine puis jouait avec elle avant de préparer le repas du soir, parfois avec David. Si ce dernier en profitait pour expérimenter avec brio la cuisine française - enfin portugo-française – elle se découvrait quand à elle une nouvelle passion, la décoration, guidée en cela par Lizbeth ... Une véritable révélation, après quarante années à vivre dans une loge de vingt mètres carrés sans jamais avoir eu le droit de planter un clou sur un mur.

En quelques semaines le trio redonna vie à la bâtisse, chacun de son côté. Lizbeth s'était concentrée sur les chambres pendant que David se réservait le salon et Marie-Angèle la cuisine. David pilotait les artisans locaux devenus magiquement très disponibles, dés qu'ils avaient compris les facilités financières des nouveaux arrivants américains. De quoi alimenter les stéréotypes sur les *yankees* dans les bavardages du pub local.

Noël approchait. Une d'après midi grisâtre - mais toujours pas vraiment pluvieuse, pensait surprise Marie-Angèle - David et Wendy étaient dans le parc pendant que les deux femmes bavardaient dans la cuisine.

« Tu es sûre de ne pas vouloir rentrer à Paris pour les fêtes de fin d'année Marie-Angèle ? »

« Non, pas vraiment, ma petite fille va bien, elle est ravie d'être installée chez ce monsieur Augustin qui la laisse faire ce qu'elle veut - trop selon moi - et puis ma fois, je ne regrette pas vraiment ma loge » répondit Marie-Angèle en souriant à une Lizbeth plutôt soulagée de la savoir rester chez eux pendant les vacances scolaires. La petite école locale serait fermée pour deux semaines et David avait découvert, dans un atelier au fond du parc, un ancien four qu'il avait décidé de restaurer. Lizbeth savait d'expérience que cela l'accaparerait. Elle avait appris en quelques années de vie commune que le bricolage pouvait être pour certains un refuge bien utile afin de s'isoler - certes utilement – des contraintes de la vie quotidienne. Comme pour l'aider à la sortir de cette pensée un peu chagrine, Marie-Angèle continua avec aplomb,

« Et puis, on va faire un grand skype d'après réveillon avec ma petite fille pour Noël, voilà tout *! »* Elle s'était étonnée elle même de cette nouvelle aisance numérique autant que de son détachement des obligations familiales. Comme pour s'en convaincre, elle ajouta

« Cela lui plaira bien à ma petite sauvageonne, c'est sûr, elle est très moderne ... »

Lizbeth, maintenant tout à fait rassurée s'apprêtait à commenter lorsque Béhémoth, jusqu'alors bien installé sur le seuil de la porte de la cuisine, se redressa brutalement pour ensuite sortir d'un bon vers le parc, à toute allure. Le Golden retriever peut avoir certains excès de folie apparente, mais au fond des choses, cela reste toujours très motivé. Wendy était, à ce moment précis, sortie du radar de son père, très occupé à inspecter un four bien trop sophistiqué pour ne servir qu'à la cuisson alimentaire. La petite fille était perchée sur le toit du four et secouait énergiquement une colonne de briques de sa taille, qui avait du être une cheminée. Celle-ci finit par être suffisamment ébranlée pour pencher dangereusement vers l'enfant. Son père, alerté par un cri d'effroi de Wendy, sortit en hâte de l'intérieur du four où il s'était introduit à quatre pattes. Trop tard pour faire quoi que ce soit, mais juste à temps pour voir Béhémoth débouler et bondir dans un superbe élan et s'interposer entre les briques qui commençaient à dégringoler et la petite Wendy effrayée et désiquilibrée. David parvint à la réceptionner dans ses bras mais Béhémoth avait reçu les briques qui s'empilaient sur son arrière train, l'immobilisant. Il gémissait doucement, incapable de se mouvoir. Lizbeth et Marie-Angèle arrivèrent quelques instants plus tard. La vue rassurante de David et de Wendy indemne et visiblement ravie d'être dans les bras de son père faillit faire oublier le sort du valeureux sauveteur quadrupède.

« *Wendy ! Tu vas bien ?* » puis s'adressant à David

« *Béhémoth ! Mais qu'est ce qui s'est passé ? On l'a vu bondir de la maison...* »

« *J'ai merdé ... pas vu que la petite s'amusait sur le toit ... la cheminée qui tombait ... Béhémoth qui saute juste entre Wendy et le tas de briques qui dégringole sur lui ...* »

Les deux parents étaient comme paralysés, balayant du regard leur petite fille pas vraiment inquiète et le chien qui haletait, la langue pendante.

« *Un vétérinaire vite !* » s'écria Marie-Angèle qui n'avait pas trop idée de la manière de mettre ce petit monde en action. Elle sortit de sa poche le papier écrit par Augustin avant son départ *'EN CAS D'URGENCE'* le déplia prit son portable et appela le numéro 999 inscrit en gros chiffres gras. Au centre d'urgence d'Edimbourg, on crut d'abord à une mauvaise plaisanterie quand Marie-Angèle prononça rapidement quelques mots dans un anglais très approximatif réclamant de l'aide. Puis David, de nouveau opérationnel, prit la communication en main pour, d'abord se faire engueuler, car *« les urgences c'est pas fait pour les chiens ! »*, avant d'obtenir le numéro d'un vétérinaire du coin qui pourrait peut-être les aider. C'est ainsi que Logan Gordon [14] remit les pieds aux *Georgian Heights*, près de quarante années après sa dernière visite.

* * *

« *Je ne vous demanderai pas ce qui s'est passé, c'est toutefois la première fois que je vois un chien se faire lapider avec des briques* » Sans attendre de réponse, l'homme d'un âge mûr mais difficile à déterminer, se mit à examiner et palper avec délicatesse Béhétmoth. L'animal était maintenant allongé sur une couverture à côté du four. Il régissait peu et se laissait manipuler toujours haletant mais sans grogner. Il lui plaça délicatement une muselière par précaution.

« *Il y a de la casse mais pas dans le bassin semble-t'il, il m'aurait déjà mordu sinon* »

Marie-Angèle était restée muette avec David au côté du Golden pendant que Lizbeth était rentré dans la maison avec Wendy pour la faire manger. Elle regardait, curieuse, ce vétérinaire un peu bourru qui ne semblait s'adresser aux humains que par pure nécessité, tout concentré qu'il était sur le chien blessé. Après quelques minutes d'auscultation, il se leva d'un bon.

« *On va pouvoir le transporter à mon cabinet et le plâtrer. A l'occasion racontez moi ce qui s'est passé, histoire de savoir si je dois vous dénoncer aux autorités ou pas* ». Personne ne rit pendant que Logan repartait vers son véhicule qu'il avança au plus près dans le parc. C'était une *Woody*, un ancien utilitaire *Dodge Suburban* dont la tôle avec ossature en bois avait été très mode dans les années soixante. Il en extirpa une petite civière sur roulette qu'il poussa avec difficulté sur l'allée empierrée jusqu'au lieu de l'accident. Croisant les regards médusés de David et de Marie-Angèle, Logan reprit,

« *Rassurez vous, votre chien ne craint rien dans mon véhicule, l'ossature est entièrement dissimulée sous une carrosserie en tôle chaudronnée à la main, c'est du solide. Bon, maintenant qui de vous deux voudra bien m'aider ?* ». Sans hésiter Marie-Angèle leva la main comme à l'école pendant que David, de plus en plus perturbé restait silencieux, sans bouger.

« *Et bien allons y, madame ?*

« *Just Marie-Angèle* »

« *Prenez donc ce coté de la couverture Just-Marie-Angèle*»

David finit par sortir de sa léthargie et mit la main à la pâte - à la patte pour être exact – tentant ensuite de soulager son pauvre chien pendant son transport au cabinet du vétérinaire.

* * *

Logan Gordon, bel exemple d'Ecossais costaud et barbu, vivait seul dans un appartement cossu situé au dessus de sa petite clinique vétérinaire des quartiers sud d'Edimbourg. Il soignait les animaux domestiques de ville mais était parfois appelé dans les fermes des alentours. Son exubérance et son humour avait fait de lui un personnage assez connu localement, d'autant plus que, amateur (éclairé cela va de soi) de philosophie et de *Haggis* [15], il partageait volontiers ses passions avec ses amis, lors de longues soirées dans son *local Pub*. Ses envolées lyriques sur le philosophe natif d'Edimbourg – David Hume – qu'il adulait presque autant que la *panse de brebis farcie*, étaient courantes et connues. Son père, charcutier-tripier avait sans doute provoqué cette addiction pour ce met, au goût assez particulier, il faut l'admettre [k]. Logan était fidèle aux traditions écossaises et aimait la bonne chaire, il avait donc choisi son camp rapidement, délaissant un peu la philo et participant régulièrement aux festivités qui honorent et accompagnent la dégustation du Haggis un peu partout dans son pays. Il aurait pu prendre sa retraite mais il cherchait toujours ce qu'il allait pouvoir faire de son temps libre et continuait à exercer, toujours avec plaisir, limitant progressivement le nombre de ses clients, c'est à dire d'animaux qu'il suivait. Il se disait qu'une fois le dernier disparu il n'aurait plus le choix.

Lorsqu'il avait reçu l'appel angoissé de David et Marie-Angèle, il était sur le point de les envoyer paitre avant de comprendre d'où l'appel lui était adressé, « *Georgian heights* ». Il y avait certes

---

k *Un rejet dégouté et définitif du Haggis aurait également été possible – même pour un écossais - car on peut difficilement resté neutre devant la chose, une fois étalée dans son assiette.*

prescription, pourtant Logan redécouvrit les lieux avec amusement et intérêt, au grand bénéfice du valeureux golden retriever. Béhémoth était dans de bonnes mains, Logan Gordon avait une longue expérience et une bonne réputation. De plus, il allait maintenant bénéficier de la visite régulière de son nouveau vétérinaire attitré et très intrigué par cette petite famille qui s'était installé là où, étudiant, il avait lui-même vécu les premiers émois d'une relation torride avec la jeune fille au pair française installée chez les résidents de l'époque. Une fréquentation assidue de l'endroit avait porté ses fruits, ils avaient fini par *conclure,* puis chacun de son côté avait repris le chemin de la vie et ils s'étaient vite perdus de vue.

« *Une jolie boucle du temps, voilà tout* » s'était dit Logan en quittant les *Georgian heights* au volant de son Woody bien chargé pour se diriger vers sa clinique. Une autre pensée traversa rapidement son esprit pendant le trajet lorsqu'il prit connaissance du statut de *nanny-au-pair* de Marie-Angèle. Une pensée furtive, genre ' *same player, shoot again* '. Il sourit mais s'abstint néanmoins de la partager.

Quelques semaines supplémentaires suffirent à la petite communauté Hume et associés pour définitivement prendre leurs marques. Lizbeth était sous le charme du *Edinburgh Royal Observatory* de *Blackford Hill*, tout à son aise dans l'équipe du *UK Astronomy Technology Centre*. Elle était ravie du thème de recherche en planétologie qu'on lui avait confiée. David s'était découvert pendant ce temps une nouvelle passion ; fondre du verre de récupération de toute les couleurs possibles dans son four partiellement remis en état pour ensuite produire des objets aux formes abstraites – enfin pour toute autre personne que lui. Marie-Angèle régissait la (très grande) maisonnée, au grand bonheur de tous. Elle tenait beaucoup à son heure de conversation hebdomadaire avec Pampille à laquelle Augustin participait de temps en temps.

Wendy l'avait définitivement adoptée. Béhémoth, toujours en convalescence, surveillait (de loin) la petite fille espiègle. Logan venait maintenant régulièrement vérifier son état de récupération. Plus que pour n'importe quel cas de fracture qu'il avait jamais traité. Il faut dire que Marie-Angèle s'arrangeait toujours pour préparer et partager avec lui une collation Portugo-Française, en insistant beaucoup pour que l'on maintienne un suivi médical rapproché du chien-héros. Insistance inutile, à dire vrai.

* * *
*

« Une mission capitale consiste à déconfiner ses neurones en les propulsant à travers la stratosphère à l'aide de trampolines poétiques, certifiées élastiques, caustiques, rythmiques ... et absurditiques »

Léon Bonnaffé

France Culture, la conversation scientifique, Avril 2021,

chapitre 4   Au bout du tunnel ?

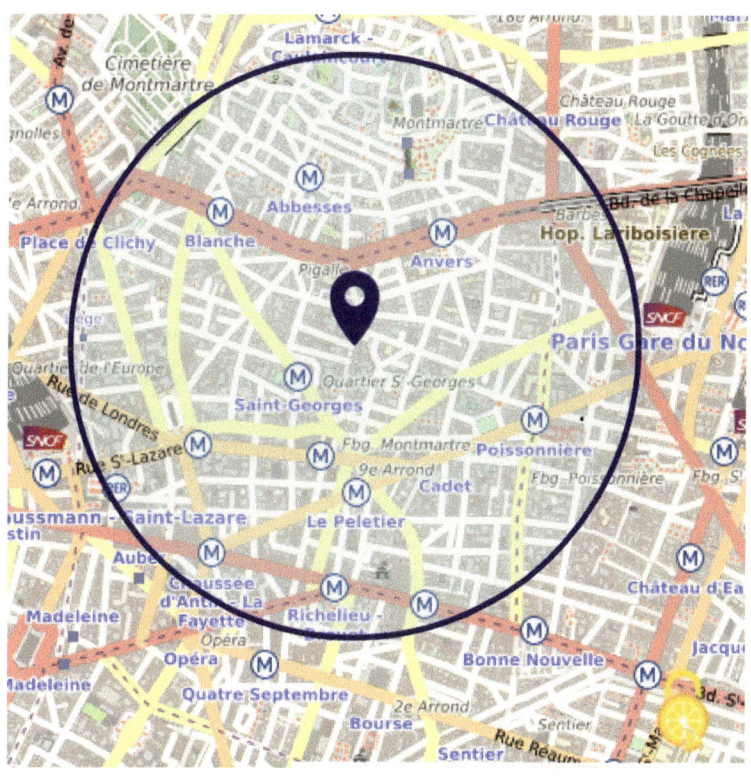

Le printemps s'était bien installé en Europe. Un printemps frais et surtout *'très sec comme depuis longtemps'* entendait-on. Mais personne ne s'en préoccupait vraiment. A Paris comme ailleurs, on pouvait difficilement en profiter, sauf à disposer d'un jardin. Marie-Angèle parlait maintenant avec sa petite fille plusieurs fois par semaine. Augustin, depuis son appartement parisien, poursuivait mollement sa quête des trous noirs super massifs [16] dans le minuscule coin d'univers qui lui était alloué.

La famille Hume subissait, elle aussi, les conséquences d'une situation sanitaire générale qui n'avait aucune raison valable pour épargner l'Ecosse. Cependant les très bonnes conditions matérielles aux *Georgian Heights*, entre parc verdoyant et espace de vie et même de travail pour Lizbeth, facilitaient grandement la vie. On y avait mis en place les moyens nécessaires pour réaliser des appels video sur grand écran, ce qui donnait une bonne illusion de proximité en appelant les proches et permettait de se rassurer, un peu. Ce qui fonctionnait bien pour Marie-Angèle. Elle découvrait et adorait ces moments de convivialité virtuelle.

Pampille vivait elle aussi cette période troublée plutôt mieux. Le printemps sans doute. Avec Venmani, elles avaient fini par laisser tomber Eloïse Lastic. Les conséquences étaient prévisibles. À la grande surprise d'Augustin, cette dernière avait déclaré vouloir se retirer des affaires pendant quelques temps et ne pourrait donc plus commenter ses élucubrations cosmologiques. Les deux jeunes-filles, toujours complices, avaient bien d'autres envies et continuaient leurs rencontres régulières au *Bric-à-Brac*. Cela commençait souvent par un échange de messages codés pour rendre l'affaire plus piquante. Elles utilisaient un code de couleur pour se confirmer un rendez-vous via leur messagerie. L'arc en ciel suffisait largement s'indiquer les informations utiles, présence de la police dans les alentours, humeur de Pierrot etc ... Elles retrouvaient parfois Iossif, toujours aussi désoeuvré et de plus en plus taciturne. Certes, le lieu était situé au-delà du fatidique rayon d'un kilomètre autorisé depuis le 46 rue des Martyrs, mais il suffisait à Pampille d'imprimer plusieurs autorisations de sortie avec les bons horaires et la bonne adresse de départ, soit rue des martyrs, soit rue Vauvenargues. Les deux cercles d'un rayon d'un kilomètre chacun se recoupaient quelque part dans Montmartre. Le tout était réparti dans différentes poches, afin de faire face avec naturel, à d'éventuelles mauvaises rencontres. Les contrôles policiers étaient de fait assez rares de part et d'autre de la colline de Montmartre. Comme si les rues pentues et les nombreux escaliers étaient autant d'obstacles suffisamment dissuasifs aux yeux des forces de l'ordre.

Un appel de Karl s'avéra déterminant pour modifier l'emploi du temps de l'apprenti astronome qui commençait à s'alléger, faute du répondant E.Lastic sur son blog. Augustin et Karl s'étaient jusqu'alors échangés des messages de soutien depuis leur rencontre avortée de Noël et puis un jour, lors d'un apéro virtuel, le ton ferme - on serait tenté d'écrire teutonesque – de Karl avait surpris Augustin.

« Augustin, en attendant de pouvoir faire notre expédition, je te propose un marché». Son interlocuteur l'avait tout de suite interrompu. On était de plus en plus sensible et nerveux à l'époque, diront plus tard les sociologues.

« Tu réalises quand même qu'on n'est pas prêt d'aller se balader ?»

« Ya ! Je sais ! Mais, avant cela, je veux t'apprendre à jouer de la clarinette et toi tu vas m'apprendre des expressions françaises en argot contemporain ! »

Augustin s'était alors souvenu lui avoir parlé à Berlin de ses déboires à sortir des sons harmonieux d'une clarinette dont il avait hérité. En revanche, il était surpris de l'intérêt soudain de son ami pour le dialecte social français. Maintenant, si on mettait cette lubie naissante de son ami en perspective avec sa propre quête insatiable des trous noirs… Un peu de tolérance semblait de rigueur.

« Tu risques de souffrir Karl… de l'élève… et du professeur, mais bon, il paraît que nous avons du temps libre devant nous, alors, ça sera toujours mieux que d'aller peindre la girafe non ? »

« … ? »

…

Augustin avait été d'emblée séduit par l'idée. Il y avait peu de risques qu'il en fût autrement. Il savait Karl plutôt francophile et sa démarche flattait son chauvinisme. L'aide de Pampille serait précieuse car le propre de l'argot est d'être porté par la jeune génération, cependant il estimait avoir du stock également. Quand à la clarinette, vu son niveau de départ, il ne pouvait que progresser …

Depuis lors, Augustin expédiait ses travaux astronomiques - qui n'en étaient plus vraiment - avant de profiter de son heure quotidienne de promenade. Il commençait à connaître par coeur chaque rue et ruelle de son quartier et ses pentes plus ou moins douces. Ce temps volé au huis-clos de l'appartement, certes réglementé (Augustin s'était découvert très légaliste), lui permettait également d'humer l'air du temps, d'aspirer quelques bouffées d'insouciance, son petit poison préféré, parfois même d'entendre des bribes de conversation qui s'échappaient par les fenêtres ouvertes des appartements. Au retour au bercail, il appelait Karl avec un nouveau mot ou une expression qu'il avait parfois besoin de valider auprès d'une Pampille hilare. Pour rien au monde, elle n'aurait raté les leçons d'Augustin.

«*Ça va mon khey*[1] *?* »

Telle était son accroche (soufflée par sa co-résidente) pour démarrer la leçon et il concluait toujours une session par une citation, peu argotique, mais explicite, du genre,

« *L'optimisme est un ersatz de l'espérance, qu'on peut rencontrer facilement partout, et même au fond de la bouteille* [m]*»*

Il s'agissait d'inviter l'élève – très concentré – à partager virtuellement une collation avant de passer à la leçon de clarinette. Pampille, lorsqu'elle était encore présente, s'éclipsait alors prudemment et très vite de l'appartement.

Karl avait vite renoncé à enseigner quoi que ce soit à son élève en matière de solfège. Il se concentrait sur les bonnes postures et des exercices pratiques répétés pour améliorer le doigté de son élève. Le plus ardu fut, pour Augustin, d'adopter le positionnement correct de la bouche sur la anche qui, en vibrant, produit le bon son. Enfin, normalement, à condition que lèvres, langue et tout le reste soient bien en place. Il y avait enfin cet intense et court moment de satisfaction lorsque Karl, sentant son *Padawan* de bonne constitution, lui proposait l'attaque d'un duo de clarinettes extrait des moments musicaux de Schubert. Il s'agissait pour Augustin de jouer, en alternance et à bonne cadence, deux notes, pendant que Karl s'emparait de la mélo-

---

[1]   *khey \χεj\ masculin (pour une femme, on dit : kheyette) (Argot) Frère ; ami. Source Wiktionnaire*

[m]   *Georges Bernanos*

die. Le tout fonctionnait assez bien et était gratifiant, tout en durant très peu de temps. Fort heureusement.

Les semaines s'écoulaient. Augustin progressait poussivement côté clarinette, à la différence de Karl, élève très assidu et travailleur qui était maintenant capable d'aligner, sans complexe, des expressions pas toujours à propos mais bien imagées.

La nouvelle perspective d'une levée possible des interdits de déplacement rendait l'atmosphère de l'appartement de la rue des martyrs un peu électrique. Pampille s'éclipsait de plus en plus longtemps pour retrouver discrètement ses amis du *Bric-à-Brac* déserté. La brocante n'était pas d'utilité publique et le lieu était toujours officiellement fermé. C'était bien mal connaître la valeur de ce genre d'endroit, véritable radeau de sauvetage urbain. Une plantation secrète de Serge-le-Sdeffe, dans une armoire éclairée artificiellement d'un sous-sol encombré, n'était pas pour rien non plus dans la fréquentation régulière et quasi-clandestine de Pampille. La récolte avait été bonne et le Sdeffe était généreux, pas du genre à *bogarter la petite fumette*. Pierrot n'y voyait que du feu – forcément – trop préoccupé par l'impact de la fermeture du *Bric-à-Brac* sur ses ouailles dispersées. Augustin n'était lui pas dupe lorsqu'il voyait débarquer Pampille, affamée dans l'appartement, juste avant le couvre feu.

Sa grand-mère en Ecosse espaçait de plus en plus ses appels en vidéo. La même torpeur s'était installé en Ecosse, comme un peu partout dans le monde. Chacun dans sa bulle, dans l'attente de la suite … Si l'on était gâté par le destin, i.e. ni malade, ni coincé dans dix mètres carrés, ni isolé, ni loin d'un espace de verdure … « *l'affaire restait gérable* » disait Marie-Angèle, qui se savait bien chanceuse de résider aux *Georgian Heights* pendant cette période. Ses hôtes étaient charmants et intentionnés. Ils continuaient à l'associer à l'aménagement du domaine. Son sens pratique avaient l'avantage de remettre les pendules à l'heure lorsque David (surtout) s'élançait dans le grandiose pour décorer la maison ou le parc en utilisant, bien sûr, ses créations en verre coloré.

L'arrivée prochaine de l'été coïncidait donc avec un bon espoir d'*en finir avec cette sale histoire* et aussi la furieuse envie de faire vivre la belle demeure. Logan Gordon poursuivait ses visites régulières pour suivre le bon rétablissement de Béhémoth,

« *On ne sait jamais, avec les fractures ...* ».

Dire que Marie-Angèle n'était pas dupe serait flatter sa perspicacité, elle avait sagement décidé que ce déplacement professionnel du vétérinaire lui donnait une bonne et officielle raison de sortir de chez lui. Elle imaginait aussi être *interessante* à ses yeux et s'en accommodait fort bien, car l'homme lui plaisait bien également. D'ailleurs chaque visite durait de plus en plus longtemps. On commençait par appeler le chien – pas du tout dupe, lui – qui se frottait avec affection sur les jambes de Logan avant de repartir aussi vite, puis on passait aux choses sérieuses en cuisine. Marie-Angèle connaissait bien son répertoire culinaire et essayait de surprendre le gourmet qu'elle avait identifié, avec des mets parfois roboratifs et bien connus de la communauté portugaise. Logan faisait semblant (un peu) de s'extasier et finissait les plats sans vergogne [n].

* * *

---

n   *En portugais vergonha. Comme quoi ...*

Et puis d'un coup, le moment espéré est devenu réalité. L'étau s'est desserré. En ordre dispersé, d'un pays à un autre, dans une cacophonie de règles différentes, les déplacements sans contraintes sont progressivement de nouveau autorisés. Les sorties hors et vers Paris étant de nouveau possible, Karl Matserath n'hésite pas longtemps avant de décider d'aller rejoindre Augustin. Trouver une place dans un train de Berlin - Paris ne s'avère pas difficile et il en informe immédiatement son ami. Les retrouvailles à la gare du nord sont brèves, comme si l'on s'était quitté la veille. Le trajet à pied jusque la rue des martyrs ravie les deux complices.

...

« *Je suis sensé gérer 'le choc' du passage en retraite en randonnant dans les landes écossaises avec un Franzose, marcheur et un peu décalé, tu t'en souviens non ?*»

De fait Augustin a un peu oublié ce projet parmi beaucoup d'autres prévus et annulés ces derniers temps, de ceux qui d'habitude agitent ses neurones maintenant un peu amortis. Il doit le reconnaître, une légère léthargie s'est emparée de sa personne au fil des semaines, la faute aux trous noirs, forcément.

« *Certes oui, Karl ...* » Augustin croit s'en sortir en ajoutant,

« *La retraite est la voie ouverte à la procrastination et ma fois... »*

Karl, l'interrompt, n'hésitant plus à imager son propos. Il est à présent au taquet, prêt à utiliser son nouveau répertoire,

« *Se sortir les doigts du cul, voilà ce qu'il te faut faire ! »*

« Ouah ! Visiblement le nouveau Karl, il se les est bien sorti, aurait-il retrouvé son dossier voyage ? » lui rétorque Augustin en riant.

...

Augustin est impressionné par les saillies argotiques et les expressions que, désormais, son ami continue à aligner avec aplomb. Il en est souvent la source, Pampille aussi parfois. Ils devisent depuis une bonne heure, attablés sur une terrasse de fortune faite de palettes de bois installées devant le bar tabac de la rue des Martyrs °. Deux habituées d'un certain âge sont installées sur une table voisine. Elles examinent l'air grave et avec l'aide d'une loupe, un journal parisien en dodelinant de la tête pendant que derrière le comptoir, on s'invective en chinois. Karl s'en étonne.

« La normalité en marche, explique Augustin, c'est un PMU et il faut bosser dur pour gérer ce genre d'endroit, alors oui, le bon vieux rade franchouillard des chansons, c'est un peu passé à la trappe ». Mais déjà Karl relance,

« Vois tu, la scoumoune, j'en ai jusqu'au dessus des baskets avec tout ce bazar depuis trois mois ! Faut casser la routine mon pote !... Allons y sur ce foutu mur d'Hadrien ! »

« D'Antonin ! Pas d'Hadrien, faut pas confondre !»

Augustin reprendrait-il du poil de la bête ou alors a t'il simplement envie de corriger l'approximation historique émise par son compère ? Il ne peut pas s'empêcher de lui expliquer que s'il y a bien eu un mur d'Hadrien pour se protéger des Pictes et autres sauvages en kilt, le mur qui courrait entre Glasgow et Edimbourg, le mur d'Anto-

---

o   Celui-là même, bonne occasion pour suggérer la réécoute de la célèbre chanson du groupe Pigalle.

nin donc, était situé plus au nord. C'est celui qu'ils ont choisi de suivre, enfin un sentier qui en suit la trace et relie l'océan atlantique à la mer du nord.

« Cela sera une petite marche d'une centaine de kilomètres, rien de tel pour s'aérer la matière grise et tout remettre en place, qu'en dis tu ? »

« Mais tout cela est pété de bon sens, Augustin ! Se retrouver seuls, avec le vent et les vaches ! Sur le mur d'Antonin ou d'Hadrien, où est le problème ? »

La fin d'après midi est fraiche, Augustin regarde le patron du bar occupé à allumer un chauffage au gaz au dessus de la *terrasse-pallette* improvisée sur les emplacements de stationnement réquisitionnés. Son hostilité écologique envers les chauffages extérieurs s'évanouit, d'un coup, d'un seul. Le bonheur simple de se retrouver à trinquer dehors avec un ami n'y est pas étrangère. Certes, il faut désormais aussi commander quelque chose à manger pour pouvoir boire, nouvelle règlementation oblige. Il se demande s'il sera bientôt nécessaire de présenter une ordonnance pour obtenir une consommation ...

« L'avenir nous le dira » lui signifie le patron, souriant et philosophe, qui se croit obligé de préciser

« Avant quand mes clients se frottaient les mains en entrant dans la salle du restaurant, c'était à la perspective d'un bon repas, maintenant, c'est pour se mettre du gel , ha, ha, ha ! »

...

Le même soir, les deux clarinettistes – enfin surtout Karl – s'offrent une répétition dans l'appartement d'Augustin. Pour la première fois, ils jouent ensemble, en un même lieu. Le tout, au grand amusement de Pampille et de Venmani, qui rencontrent '*en vrai*' et pour la première fois, le fameux Karl. Après les présentations d'usage, il a sorti et monté son instrument sans précipitation. Augustin est déjà fin prêt, clarinette en main, très concentré et bien décidé à émettre les suites des deux sons – sur le bon tempo – qui accompagnent la mélodie enjouée de leur duo préféré et unique.

Les jeunes filles on terminé la veille une série d'interventions sur le blog des *orphelins de la neuvième*. Histoire de l'alimenter un peu, a insisté Pampille, car son animatrice officielle, la célèbre Eloïse Lastic est aux abonnés absents depuis trop longtemps.

« *C'est du lourd ! Je crois bien que les bloggers, ça va les gaver, grave sévère...* » Venmani a doctement approuvé sa comparse qui a conclu son billet [p] par,

« *Pluton serait-il victime de sa ressemblance avec la planétoïde Pallas ? Un vrai complot !* »

Ce faisant, elle a bien ressenti une légère – très légère – culpabilité à l'égard d'Augustin qu'elle sait maintenant accroché à ce blog astronomique. L'obstiné y a contribué aussitôt, trop heureux d'avoir retrouvé *son* E.Lastic, sans avoir l'ombre d'un doute sur le rôle de sa co-résidente au sein des *orphelins de la neuvième*. Pampille regarde maintenant sa victime se régaler en produisant le bruit de fond (normalement un *staccato)* clarinettiste pour son ami. Elle se dit que finalement, ce bonhomme vit de toute façon sur une autre planète et saura s'en remettre quand il découvrira labvirtualité de la mystérieuse Eloïse Lastic et le *pot aux roses*. L'émergence de cette expression d'un autre siècle [q] dans son esprit lui rappelle immédiatement sa grand-mère.

---

p   *Enfin, son « post » quoi !*
q   *du XIII ième, soyons précis*

Après avoir félicité les deux artistes – sur un ton teinté d'un (trés) léger soupçon d'ironie – Pampille et Venmani prennent la tangente, prétextant - en est-il besoin ? - l'appel de la liberté retrouvée de circuler sans autorisation. Augustin et Karl en profitent pour poser leurs instruments avec soulagement, afin de reprendre une de leurs conversations récurrentes. Il y est question de virus (forcément) et de l'avenir … Vaste programme. Ils s'emballent tous les deux facilement, influencés par les débats sans fin entre pseudo-experts qui s'étripent joyeusement dans les media.

…

« Tu sembles l'oublier, l'objectif de tout organisme vivant est la reproduction, la prolifération, la sauvegarde de l'espèce ! Un peu de hasard, une bonne mutation et hop ! L'évolution reprend les choses en main et le virus va s'adapter à l'environnement de manière encore plus efficace pour sa prolifération, d'où ces variants plus ou moins chanceux qui nous cassent les c….. »

Augustin a décidé de ne plus se censurer question vocabulaire, à la vue des fulgurants progrès linguistiques de son ami - *'C'est pas possible, il a du bosser comme un malade !'* - mais ce dernier est déjà en orbite autour d'un sujet qui, il est vrai, continue d'occuper les esprits. Il rétorque,

« Oui, cela paraît simple et logique, le virus, ses mutations … mais es-tu prêt à accepter la complexité ? Il faut de la patience qui ne sera pas forcément récompensée ! On ne sait pas bien encore ce qu'il en est de tout cette histoire ! Les idées reçues, les fausses connaissances, les conclusions hâtives… » Il s'interrompt, l'air accablé et grave, bien décidé à conclure de manière imagée, tout en saisissant le verre qu'Augustin vient de remplir.

« Ca craint du boudin ce truc, moi je te le dis ! »

Les deux compères, lors de leurs visio régulières, s'étaient souvent retrouvés à évoquer un philosophe qu'ils apprécient l'un comme l'autre et depuis toujours, un certain David Hume. Cette admiration partagée n'étant d'ailleurs pas étrangère à la soudaineté de leur récente amitié. Cet écossais était avant tout un empiriste, mais aussi le pourfendeur des gens qui savent *parler-de-tout-sans-rien-connaître-du-sujet* [r]. Karl observe Augustin, le sentant concentré et prêt à lui asséner un petit cours d'épidémiologie. Il prend les devants.

« Tu as beau plisser les yeux comme un vieil Inouit au soleil sur la banquise, je t'assure que je n'ai pas, moi, de la purée dans la tête ! L'affaire est vraiment complexe et nous dépasse, admettons le ! »

Augustin s'opposerait volontiers – pour le principe – à son compère : peut-on *penser la complexité* et la craindre en même temps ? Mais de guerre lasse, redoutant aussi de sa part une autre incartade linguistique incontrôlée, il admet volontiers qu'il est préférable de profiter de l'instant présent et propose d'en rester là. Dommage, Karl en a d'autres (expressions) insolites à sortir, mais en réalité, il est ravi, il peut préserver et peaufiner son répertoire.

* * *

« Le rock mongol est très guttural, c'est pas une raison pour l'ignorer ! » Catégorique, Pampille a sélectionné, sur une de ses

---

[r] *On aura bien sûr reconnu l'ultracrépidarianisme, comportement qui - comme chacun le sait à défaut de pouvoir le dire vite - consiste à donner son avis sur des sujets à propos desquels on n'a pas de compétence crédible ou démontrée. Dans le genre, interventions sur les réseaux sociaux en période de crise sanitaire ...*

play-lists, la musique de son groupe préféré *Hu,* pour ensuite la faire beugler – le mot est faible – dans l'appartement. Augustin s'interroge sur l'intérêt véritable que Karl et surtout ses voisins portent à l'instant musical proposé. Mais après tout, ils subissent déjà depuis quelques jours les répétitions des deux clarinettistes ... Il n'a pas le loisir de s'en expliquer, Karl s'en charge, sans nuance.

« *Alors là ! Pampille, cette musique ! Ça me scie le cul à la base* »

Augustin en lâche presque le plateau qu'il apporte pendant que Pampille s'écroule de rire. Karl les regarde amusé, assez fier de sa sortie, puis son regard se fige sur les verres qui entourent le saut à champagne.

« *Ah non Augustin ! Il nous faut des coupes ! La flute c'est pour le champagne de tous les jours* »

Alors on célèbre, une fois de plus, l'accalmie sanitaire. Néanmoins Augustin se demande - juste un peu - s'il sera au niveau linguistique requis, lorsqu'ils se retrouveront le mois prochain à crapahuter dans les terres écossaises. Le Karl, il a beaucoup progressé.

* * *
*

"The truth springs from arguments amongst friends."

David Hume   (1711-1776)

Chapitre 5   Au delà du mur

David s'est mis en tête de remettre en service le four de fusion de verre qu'il avait découvert dans le parc des *Georgian Heights*. L'expérience récente avec Wendy et Béhémoth suivie de l'injonction sans concession de son entourage lui a fait commencer par entourer le lieu d'une grille avec porte cadenassée. Le four s'est avéré en bon état de fonctionnement et il a récupéré des creusets en terre réfractaire pour les mélange vitrifiables. Le bois de chauffe lui a été livré en grande quantité. Opiniâtre, il a pu faire fonctionner le tout avec succès en fondant des verres de différentes origines et couleurs. Marie-Angèle s'est néanmoins transformée en cerbère et s'assure avec vigilance que Wendy ne s'approche pas des grilles.

« Plus efficace même que Béhémoth comme chien de garde des Enfers » s'en amuse Logan qui poursuit ses visites professionnelles et gustatives avec conscience et assiduité.

...

« David, je ne crois vraiment pas que tes créations en verrerie pourraient éclairer suffisamment le salon ... »

« Mais, regarde ces pièces de couleur, imagine les avec des bougies derrière ! Ça serait top non ? »

...

Marie-Angèle lève les yeux aux ciel, une pratique ancestrale qu'elle maitrise assez bien. Lizbeth et David finalisent la décoration de la grande demeure depuis un certain temps maintenant, un peu trop longtemps selon elle. Elle assiste impuissante à cette énième discussion sur l'aménagement du grand salon, tout en préparant un *Cozido a Portuguesa,* juste au cas où Logan passerait.

...

« Ou alors, un lustre ? Oui ! Un grand et beau lustre avec du cristal ! » tente Lizbeth.

« Le cristal, je ne sais pas faire ... »

David, l'air renfrogné, poursuit,

« Oui, d'accord, mais un énorme lustre avec des branches et des petites soucoupes d'où ça pendouillent partout, à la française, style grand siècle ! »

Marie-Angèle, toujours silencieuse, ne peut s'empêcher de sourire en pensant,

« Ah ces riches américains, de vrais gamins ! Il va falloir que je m'en mêle ... ». Pure exemple de télépathie se dira-t'elle plus tard, Lizbeth tout sourire la regarde puis l'interpelle au même moment.

« On doit bien pouvoir trouver ça à Paris non Marie-Angèle ?

* * *

La visio suivante avec Pampille prend une tournure savoureuse lorsque Marie-Angèle sollicite formellement l'aide d'Augustin afin de trouver et acquérir - au nom des Hume - *LE* lustre. David et Lizbeth ont beaucoup surfé sur internet mais sont déçus par leur trouvailles sur les sites marchands qui alignent pourtant de nombreux modèles, impressionnants, surtout au niveau des prix.

« C'est que du toc, avec éclairage électrique, du plastic et du métal inox ou presque ! »

L'indispensable *nanny-au-pair* s'est maintenant donnée pour mission de satisfaire les parents Hume en dénichant, enfin en faisant dénicher par Augustin, l'objet convoité par David. Ce dernier est ravi de voir enfin quelqu'un s'investir dans la recherche du lustre. A défaut de Lizbeth qui a fini par jeter l'éponge, l'affaire devenant quelque peu toxique pour leur couple ...

« Marie-Angèle, pour cette superbe pièce de la maison, il nous en faudrait un grand en bronze argenté et cristal. Vue la taille de la pièce je le vois bien équipé de six branches sur la partie supérieure et de douze branches sur la partie inférieure. Toutes décorées de petites perles de verre sur la longueur. Une petite coupelle terminant chaque branche avec des cristaux accrochés. »

...

Est-ce l'effet de la liberté de déplacement retrouvée ? La succulence du décalage culturel ? Ou par simple désœuvrement, car Karl est reparti pour Berlin ? Augustin écoute la demande d'assistance de Marie-Angèle avec bienveillance et jusqu'au bout. Sans rire, même lorsque elle lit, très appliquée, la description, rédigée par David, de la chose convoitée. Pampille décroche dès le début et fait semblant d'écouter sa grand-mère, tout en gardant un œil sur son mobile. L'éclairage public, c'est pas son truc ... Quand la valeureuse ex-concierge pose son papier et regarde l'écran avec soulagement, l'air malgré tout un peu désespérée, Augustin respire profondément avant de regarder sa voisine.

«Bon ! Pampille, on va devoir chiner un peu du coté des puces et on va les trouver tes cinquante quatre petites soeurs»

Face à l'étonnement de ses deux interlocutrices, il adopte un ton des plus sérieux.

« Douze plus six branches, toutes terminées par des coupelles, appelée bobèches, dois-je le préciser, chacune dotée de trois cris-

taux appelés pampilles [17]*! Cela fait cinquante quatre non ? Ne me dites pas que vous ne savez pas compter ! »*

Le silence s'installant - très confortablement - Augustin se demande s'il n'a pas révélé un secret de famille. Pas très longtemps. Un

« *Trop fun ... !* » lui est asséné avec gravité par la jeune fille désabusée et remet immédiatement les pendules à l'heure. Augustin efface le sourire qu'il s'était préparé à arborer et reprend,

« *Demain, on ira voir Pierrot, il aura forcément des adresses ...* »

Ce soir là, Marie-Angèle est aux anges, une fois de plus. Mission accomplie, *'son'* Augustin est sur l'affaire et aussi (surtout?) Logan est passé *comme pas-prévu*. Béhémoth a fait une courte apparition presque complice devant son vétérinaire attitré avant que le couple ne passe à la cuisine pour préparer un *feijoada* [s]. Cela a prit du temps et cela aussi était bien. Il y aura de la réserve pour plusieurs jours. L'écossais est impressionné

« *Diantre* [t] *! Il n'y aurait donc pas que la panse de brebis farcie pour plomber les chaussettes !* »

Marie-Angèle ne saisit pas le sens profond du propos de Logan et se contente de sourire.

* * *

« *Franchement Augustin tu n'as pas autre chose à faire ? Ne compte pas sur moi sur ce coup là !* » puis d'un geste las, Pierrot fait

---

s *Une espèce de cassoulet bien épais...*

t *'Parbleu !' Aurait pu également convenir à Logan qui s'est contenté d'un 'Good Heavens !' que le narrateur choisit de transcrire ainsi.*

un geste en direction de Serge-le-sdeffe et reprend, cette fois définitif.

« Demande lui de t'emmener au marché Biron, il est de nouveau ouvert et il y a par là-bas des comiques qui font dans le grand siècle et vue la disparition des touristes friqués en ce moment ... »

***

Pampille se demande un peu pourquoi elle accompagne Augustin et le Sdeffe pour rejoindre le marché Biron. Sa grand-mère lui manque et elle pense que cette *mission impossible 'à la recherche du lustre perdu'* la rapprocherait d'elle mais elle finit par s'esquiver pour rejoindre Venmani et Iossif. Déjà nuancée sur la nécessité de l'effort à fournir, elle prétexte un rendez-vous oublié et quitte les deux hommes rapidement à peine les Maréchaux traversés. On a beau être de nouveau *« libre de se déplacer »*, certaines réalités resurgissent. Elle veut aussi retrouver son amie. Il n'y a aucune perspective de régularisation pour Venmani qui doit garder le profil bas. Les administrations sont *'encore plus engluées qu'avant'*, Iossif n'a pas le même problème avec son visa de touriste encore valable et semble s'attacher au petit monde du *Bric-à-Brac*. La production du Sdeffe – grâce à sa dernière petite moisson - est exceptionnelle et n'y est pas pour rien. Pampille les retrouve rêvassant, attablés – ou plutôt affalés - dans un bistrot du quartier. Libres certes, mais pour quoi faire ...

Augustin se rappelle le marché Biron comme étant le *Faubourg Saint-Honoré des Puces* pour sa marchandise haut de gamme. Déambuler aux puces, comme dans les guides touristiques, voilà un exercice qu'il ne s'est pas infligé depuis une paye. Le Sdeffe ne laisse pas le temps au *p'tit bourgeois* de respirer, c'est ainsi qu'il interpelle Augustin lorsqu'ils traversent les Maréchaux pour rejoindre la porte de Montmartre.

« *On va éviter de passer devant Bichat, ça craint un peu avec toutes ces ambulances qui déboulent en permanence. On arrivera au marché Biron par le côté banlieue* »

Le ton est sans appel, la démarche résolue. Augustin suit sans peine. La transition est brutale entre les rues aux murs taggés à outrance et aux boutiques crasseuses et l'entrée du marché Biron. Il ne se souvenait pas avoir vu – certes il y a fort longtemps – cette moquette rouge étalée en plein milieu et tout le long des allées bordées d'antiquaires en tout genre. Le Sdeffe semble savoir où aller, s'arrêtant de temps à autre devant une vitrine puis, l'air dégouté, reprenant sa course. Augustin suit sans rien demander, sauf à lui même.

« *Ce tapis rouge, finalement, serait-ce le symbole qui unit tous ces boutiquiers pour attirer et flatter le badaud friqué à arnaquer ?* ». Pour le reste, même si chaque échoppe prétend avoir sa spécialité - qui du mobilier Louis XV, qui des scènes de chasse en (fausses) peintures anciennes ou des sculptures de naïades plus dénudées les une que les autres - il semble bien y régner cette fraternité d'arme qui unit tous les antiquaires autour d'une même conviction: ne pas perdre l'occasion de plumer l'amateur, peut-être éclairé, mais surtout désireux d'épater la galerie dans un chez-soi grandiose et tape à l'oeil. « *Bon là, je suis sévère* » se dit Augustin. On est peut-être juste dans un quartier spécialisé, un peu comme pour les tissus du marché Saint-Pierre ou une *rue des Tanneurs* des villes médiévales. Les odeurs en moins. Le Sdeffe le ramène à la réalité de la quête du jour.

« Ca craint ! Tout ce je trouve, c'est de l'inox revampé ou presque ». Il s'interrompt puis reprend en scrutant son interlocuteur, exprimant un léger dédain.

« M'sieur Augustin, je ne vous sens pas sur ce coup là, je continue seul, me faut gratter en solo côté arrières boutiques. Ce sport là, on ne le pratique pas à plusieurs. Vous retrouverez bien le chemin, la petite ne s'est pas fait prier »

Augustin est maintenant bien redescendu de sa méditation et regarde le Sdeffe s'éloigner sans un mot de plus. Il n'y avait de toute façon pas matière à discussion.

« J'en profiterais bien pour me trouver une nouvelle clarinette moi ... »

* * *

On avait installé, dans le préau qui borde la cour du *Bric-à-Brac*, deux vieux fauteuils, de ceux qui n'ont jamais eu d'âge, prétendant même à une honorable ancienneté dés leur sortie d'un atelier chinois de garnissage en *simili-skaï* [u]. Les deux jeunes amies en ont fait leurs sièges, lieu de résidence favorite depuis la réouverture officielle du *Bric-à-Brac*. Accessoirement, elles assurent une présence depuis ce poste d'observation bien situé devant le hangar quand Pierrot vaque à l'une de ses nombreuses activités. C'est le cas aujourd'hui et elles ont pris position suite à un appel pressant de Pierrot, occupé à sauver le monde de l'autre côté du périphérique. Aujourd'hui, il n'est plus question pour elles de délirer sur Pluton ou sur les trous noirs d'Augustin. La parenthèse des huit dernières semaines est refermée (enfin le croit-on) et les problèmes courants refont surface. Venmani est devenue très pessimiste pour ses chances

---

u   *Encore plus 'fake' que le simili-cuir, selon le Sdeffe. c'est peu dire.*

d'obtenir des papiers en règle qui éviteraient le risque d'expulsion du territoire français. Il faut absolument retrouver des documents prouvant ses attaches Françaises en lien avec l'époque du Pondichéry colonial, mais les efforts récents d'Augustin et de sa mère n'ont pas abouti. Pampille essaie bien de lui remonter le moral mais le sien n'est guère plus brillant. Une pensée lui traverse l'esprit, qu'elle partage, au risque de paraître insensible en regard des problèmes très concrets de son amie.

« *C'est quand même curieux, ma mère ne me manque pas du tout, quand à mon baron, il a simplement oublié d'exister pour moi et voilà que je me mets à pleurer quand je pense à ma grand-mère... ».*

« *Si tu veux de la famille, j'en ai à revendre, ici même aux puces, mais il n'y en a pas un pour m'aider... »*

Les deux jeunes filles lèvent la tête en même temps, apercevant la silhouette d'Augustin qui se profile à l'entrée du *Bric-à-Brac*. Il porte fièrement une petite mallette marron.

« *Écoutez moi ça les filles! Le vendeur m'a appris les deux notes du 'Coucou au fond des bois* [v]*'. Il faut répéter vingt-et-une fois le même motif, sur les mêmes deux croches Ré4-Sib3, faut assurer non ? Ah ! Je crois que mon vieux Karl va en péter une durite! »*

Sans se faire prier, il pose la mallette sur la table basse coincée entre les deux fauteuils, se saisit des pièces de l'instrument qu'il monte fébrilement puis joue ces deux notes répétées inlassablement. Le son du coucou envahit la courée, au grand déplaisir des pigeons présents

---

v   du Carnaval des animaux de Camille Saint-Saëns

qui s'envolent. Les chanceux. Pampille se redresse, l'air surprise. *Vert et Bleu* puis *Vert et Bleu* ... Elle visualise intérieurement cette nouvelle combinaison de couleurs qui envahit son esprit en même temps qu'elle entend les deux notes se répéter. Elle se demande si sa boite à neurones ne décaroche pas complètement ! Après les voyelles, elle associe maintenant et sans pouvoir le contrôler, les notes de musique à des couleurs.

...

Sur le chemin de retour vers la rue des Martyrs, Augustin commente avec elle l'insuccès de l'expédition du Sdeffe.

« *Rassure toi, il fouine partout et on va juste dire à ta grand-mère qu'on progresse* »

Pampille fait mine de ne pas s'en préoccuper, en changeant de sujet.

« *J'ai bien aimé la clarinette tout à l'heure. Ça m'a fait un drôle d'effet»*. Elle ne poursuit pas mais Augustin ne saisit pas la branche et se contente de sourire. Il pense aussi que décidément, il a une mauvaise influence sur son entourage, car Pampille n'écoute que d'une oreille, un peu comme lui. Sinon, elle n'aurait pas pu aimer sa prestation de clarinettiste.

***

Il ne faudra que deux jours au Sdeffe avant de pouvoir annoncer triomphalement qu'« *il a trouvé la bête* » aux puces. C'est justement le jour de la permanence des étrangers qui a enfin pu réouvrir après deux mois d'interruption forcée. Enfin sur le mode rendez-vous uniquement. Un nouveau mot est apparu dans le langage courant, « *la jauge* ». Surtout ne pas la dépasser dans un endroit clos. Donc on jauge, un peu partout. Augustin se trouve au *Bric-à-Brac* avec Pierrot pour néanmoins fêter la reprise. Toutes les occasions sont bonnes à prendre. L'arrivée de Serge-le-Sdeffe, très fier, est alors tonitruante,

 « J'ai trouvé l'oiseau rare ! Bon ! Il faudra juste attendre la fin de la semaine car c'est un lustre qu'ils remontent pièce par pièce »

Augustin questionne le fouineur et s'aperçoit rapidement qu'il avait bien intégré toutes les caractéristiques de la commande écossaise.

 « Y a juste un problème, c'est l'expédition, j'irai chercher le lustre dés que le virement leur sera parvenu et après faudra se démerder pour le faire parvenir au client. Je crois que c'est encore le foutoir côté expédition de colis et ils ne veulent pas en entendre parler »

Augustin se demande bien qui ces 'ils' sont à ne pas vouloir 's'emmerder avec un client' qui pourtant paye grassement, sans avoir même vu l'objet. Un léger remord aussi le traverse. Il part lui même dans deux jours pour l'Ecosse rejoindre Karl, déjà à pied d'oeuvre, ou presque, à Glasgow pour démarrer leur « Journey on the Antonine's wall [w] ». Il pourrait changer ses plans et trouver un moyen d'emmener le lustre. Certes, il pourrait ...

Pampille qui a suivi ces échanges avec intérêt – pour une fois – se lève alors d'un bon de son faux vieux fauteuil dans lequel elle semblait somnoler.

 « On va l'amener en camionnette ! Iossif t'es partant ? »

Le dit Iossif est en action dans la cuisine attenante, comme souvent, et a suivi l'arrivée peu discrète du Sdeffe. Il a bien entendu l'interro-

---

w https://www.antoninewall.org

gation de Pampille. Il quitte son tablier et se retourne, le sourire aux lèvres.

« J'ai un visa anglais pour un match de boxe qui n'arrête pas d'être décalé, alors pourquoi pas ! » Pampille rebondit en clamant sur un ton sans appel,

« On ne peut pas confier un truc pareil à n'importe qui, le nombre de branleurs que l'on peut rencontrer de nos jours est simplement astronomique »

Augustin enregistre mentalement cette expression, qui lui est nouvelle et séduisante, afin de pouvoir la soumettre à Karl. Pierrot a suivi la conversation avec la mine ironique qu'il prend quand le sujet lui paraît dérisoire, mais il commence à trouver l'idée intéressante. Il aimerait bien voir décoller ce Iossif et pas seulement du *Bric-à-Brac*, même s'il sait que tous regretteront ses talents de cuisinier. Il a essayé le spirituel sur le jeune boxeur géorgien sans grand succès et se rappelle cette conversation récente avec Augustin à son sujet.

« Au lieu d'essayer de le convertir, il a plutôt besoin qu'on lui fasse confiance », en avait profité Augustin, jamais tendre avec son complice ecclésiastique.

Alors, oui, ce transport de lustre, genre mission abracadabrante, c'est jouable, tout à fait jouable. Passés un court silence et quelques regards complices ou intéressés, le premier commentaire explicite vient de Pampille.

« On appelle ma grand-mère ! Tout de suite ! »

* * *

Le pays semble s'être bien réveillé du profond endormissement qui l'a accablé ces dernières semaines. Augustin s'apprête à partir pour l'Ecosse tout guilleret. Il faut dire que pour une fois, ce ne sont pas les ennuis qui ont volé en escadrille. Non seulement l'idée de Pampille a séduit tout le monde, y compris sa grand-mère – officiellement inquiète mais secrètement ravie de la savoir bientôt en route pour les *Georgian Heights* – mais aussi les nouvelles du marché Biron sont bonnes. Serge-le-Sdeffe va pouvoir récupérer le lustre, enfin restauré et remonté, d'ici quelques jours. Les Hume sont tout autant enthousiasmés par l'aventure qu'ils financent sans trop se poser de questions. Ils invitent généreusement *everybody* à une fête en leur demeure à l'occasion de l'arrivée des deux marcheurs qui vont suivre le fameux mur d'Antonin (enfin ce qu'il en reste) et surtout pour celle du lustre convoyé par Pampille et Iossif. Pierrot et le Sdeffe ont poliment décliné l'invitation. Ils se retrouvent un soir après la fermeture du Bric-à-Brac.

« Y en a qui palpent quand même ! Tu trouves pas Pierrot ? Et en plus ils t'invitent comme si tu pouvais partir, là comme ça ... Faites donc un petit crochet par l'Ecosse pour le week-end ! Ah je te jure ! »

« 'Etre bourgeois, c'est apprendre à ignorer les autres et être bien avec ça' [x], c'est pas moi qui l'ai dit, mais ça sonne juste, je te l'accorde », puis très vite, Pierrot se repent – défaut professionnel – et conclut,

« Mais soyons indulgent, sur ce coup là, c'est plus de l'insouciance qu'autre chose ... »

* * *

---

[x] *Edouard Louis*

« De Old Kilpatrick à l'ouest jusqu'à Bo'ness à l'est, c'est quatre-vingt kilomètres en quatre jours. Une petite promenade culturelle chez les Romains non ? »

« Karl, je te rappelle que le mur d'Antonin a presque complètement disparu depuis longtemps, alors on va faire ta promenade le long de ce qui peut en rester et puis après il faudra continuer jusqu'aux Georgian Heights et c'est un bon trente kilomètres de plus ... »

Karl ne l'écoute déjà plus. Il est très occupé, et ce depuis qu'il ont quitté l'estuaire de la Clyde à Kilpatrick. Il dévisage chaque personne qu'il croise. Pas très facile par les temps qui courent. Beaucoup de passants portent le masque. Il y a du monde dans les rues alors qu'ils traversent la petite ville. Ici comme ailleurs, règne cette atmosphère joyeuse dont on a un peu perdu l'habitude. A défaut de pouvoir apprécier des sourires qui se cachent sans nul doute derrière le petit bout de toile réglementaire, il y a les regards engageants qui ne trompent pas.

« Ca sent le contentement béat » ose Karl qui marmonne de temps à autre quelques mots, résultat d'une réflexion déclenchée par la vue d'un faciès masqué croisé. Surtout s'il est doté d'un masque original et coloré.

« C'est la revanche des moches du menton et des bec-de-lièvres ! »

« Il n'y a pas à tortiller, les gros tarins finissent toujours par ressortir ! »

« Là! Un regard rieur ! Un vrai clown ! On sent l'envie frustrée de tirer la langue aux enfants. »

Augustin reste silencieux et il se demande si cette ballade est une bonne idée, Karl est visiblement *'hors piste'* en plein délire et voilà que le ciel s'assombrit, annonciateur d'une bonne averse. Deux heures plus tard, les maisons sans âmes ont fait place à des prairies d'un vert presque insoutenable. Les deux marcheurs évitent comme ils le peuvent la boue qui a envahi chemin. Ils suivent une légère montée de terre sensée être le reste du fameux mur. Karl tente de dérider une atmosphère qui se plombe à grande vitesse,

« C'est juste une petite pluie mais il faut bien le reconnaître, elle finit par mouiller à l'usage non ? »

De guerre lasse, Augustin regarde ses deux chaussures trempées et maculées de glaise collante. Il s'arrête un bref instant, décide de se remettre à l'ouvrage avec entrain et regarde son compagnon en souriant,

« On peut le dire Karl, il faut lutter pour ne pas s'enfoncer dans la purée »

Comme soulagés par ce court échange, ils repartent silencieux – les compagnons de marche savent respecter ces moments où chacun s'enferme dans sa bulle – et c'est aussi l'avantage de la marche à pied, les neurones bossent en *free style* sans être mobilisés par autre chose que faire avancer un corps plus ou moins docile. Augustin sait maintenant ce qui le préoccupe depuis son départ de Paris, la veille. Pampille s'était confiée à lui juste avant qu'il ne quitte l'appartement. Elle était à la fois très enthousiaste à la perspective de son propre prochain voyage pour l'Ecosse et visiblement préoccupée par quelque chose qu'Augustin ne parvenait pas à saisir. Le mutisme aidant (Augustin a cette capacité d'écoute, ou de non écoute quand son cerveau vadrouille, qui fait de lui un bon accoucheur de confidences) Pampille avait fini par se lancer.

« Je voudrais te dire un petit secret, en fait un truc énorme que je n'arrive pas à partager ... »

« ... ! »

« Je vois des couleurs ... »

« ... !»

Jusque là, Augustin n'avait pas eu grand-chose d'autre à faire que de feindre un (très) léger étonnement.

« Quand je pense ou vois une lettre voyelle, je vois une couleur qui lui est associée »

« ... ? » Le visage d'Augustin s'était légèrement incliné histoire de bien confirmer son attention pendant qu'elle poursuivait,

« A c'est noir, E est blanc, I rouge, U vert et O bleu ... et ça depuis toujours, et crois moi, ça peut te pourrir la vie ... » La digue était rompue, Pampille ne s'arrêtait plus et décrivait cette surprenante capacité sensorielle [y] qui l'avait surprise dés l'école primaire. Elle avait ensuite déversé, pendant de longues minutes, des anecdotes sur son interlocuteur qui ne se s'autorisait que de petits mouvements de tête et ou un léger *'hum'* pour bien confirmer sa présence. Puis, comme étourdie par son débit, elle s'était arrêtée de parler, se dirigeant vers une fenêtre qui donnait sur la rue, concentrée en apparence sur la vue du tohu-bohu qui avait repris ses droits, avant de se retourner brusquement,

« Et voilà maintenant que certaines notes de musique me font le même effet, ton truc de duo avec ton vieux pote, ça me rend dingue ! Quand tu fais tes deux notes ça défile dans ma tête, c'est

---

[y] *Propre aux synesthètes. La plus fréquente des synesthésies est l'association couleur-lettre mais il en existe une soixantaine de formes différentes.*

rouge / noir - rouge / noir – rouge / noir ... Heureusement, ça s'estompe quand la mélodie jouée par l'autre clarinette prend le dessus, mais ça ne m'était jamais arrivé ! Alors dis moi ! C'est quoi le prochain épisode ? »

Augustin avait alors quitté à son tour, et à regret, son fauteuil et s'était approché doucement de la jeune fille.

« *Je suis désolé d'avoir provoqué cela et c'est un terrible secret que tu partages là ... »* Il avait eu en fait un peu peur que quelque chose de plus morbide ne lui soit révélé, ne réalisant pas totalement le poids qui pesait sur la jeune fille.

« *Tu as pu en discuter avec un médecin ou autre ? »*

« *Pour qu'on me prenne pour une folle ? Non merci ! Déjà ma mère, cette c..., m'a rejeté ! Sais tu qu'elle m'appelle 'la ch'tarbée' ? ... ».*

Augustin avait été décontenancé, la sentant prête à s'effondrer, mais elle s'était vite reprise et lui faisant face, elle arborait maintenant un sourire forcé,

« *Je vais aller voir ma grand-mère et lui en parler. C'est pas juste, je ne l'ai pas mis dans la confidence toutes ces années quand je passais l'été avec elle car je ne voulais pas lui dire à quel point sa fille m'avait fait mal .. »*

« *Ne t'inquiète pas pour ça, elle ne t'en voudra pas et elle m'a déjà parlé de sa propre déception vis-à-vis de ta mère ».* Augustin avait marqué un temps d'arrêt,

« *Vois tu, Marie-Angèle est une grand-mère de combat, et pas uniquement parce qu'elle s'est initiée aux arts martiaux par corres-*

pondance, enfin c'est ce qu'elle prétend » Pampille avait lâché un petit rire nerveux avant qu'il ne reprenne,

« *Elle sera heureuse que tu te confies à elle»* Puis, après une nouvelle courte pause,

« *À ton retour en France, ça te dirait de rencontrer un spécialiste ? Tu sais, j'ai un carnet d'adresse gros comme un Bottin »*

Pampille ne savait pas trop ce que Bottin pouvait signifier mais se jeta dans les bras d'Augustin. Elle était restée blottie quelques secondes avant de se dégager pour sortir de sa poche un petit papier jauni sur lequel s'étalaient trois taches de couleur différentes, Noir, Rouge et Blanc.

« *Ce sont les voyelles de mon prénom, chacune a sa couleur. Venmani, 'qui sait aussi', m'a dit que j'étais comme le poète Rimbaud* [18] *et elle m'a donné ça comme porte bonheur pour mon prochain voyage. En fait, on utilise souvent les couleurs pour s'envoyer des messages qu'on est les seules à décoder... »*

Augustin s'était alors senti soulagé de la voir maintenant sourire et surtout de savoir que sa protégée avait déjà commencé à partager son mal-être, voire même à se servir de ce phénomène neurologique - pas si rare en réalité - qui l'affectait. Elle serait sans doute prête à se faire aider. Il avait aussi décidé de rompre le pacte conclu avec Karl – pas de smartphone pour leur future marche en Ecosse - et avait sorti le sien de sa poche.

« *Je vais le prendre avec moi, appelle moi quand tu veux cette semaine et on se retrouvera au château de ta grand-mère »*

...

« Synesthésie [z] ! »

Karl dévisage son compagnon marcheur qui vient de sortir de sa rêverie silencieuse en lâchant ce mot savant à voix haute, sans s'en rendre compte. Mettre un nom sur les choses, cela soulage à défaut d'aider à comprendre les choses en question. Les deux hommes examinent le ciel menaçant et échangent un bref regard, aussi bref que le court dialogue qui suit.

« Et si s'on arrêtait au prochain village ? Tu m'expliqueras un peu ce qui t'arrive ? »

« Ce qui est bien dans ce trajet, c'est qu'il y a des pubs à chaque coin de rue ou de pâture, bonne idée Karl ! »

L'étape du jour s'arrêtera là.

* * *

Serge-le-Sdeffe a rempli sa mission – avec brio pense-t'il – et il a récupéré, la veille au soir, le colis préparé dans l'arrière boutique-atelier de l'Antiquaire '**Rajasekar – Le Grand Siècle**' du marché Biron. L'argent avait bien été viré et le propio était pressé de fermer la boutique. Il avait laissé le Sdeffe transporter un énorme carton à l'aide d'un diable pendant qu'il passait quelques appels téléphoniques. Le Sdeffe ne comprend pas bien le monde des affaires en général mais il en avait entendu suffisamment pour se demander de quelles affaires il pouvait s'agir tant l'antiquité du XVII siècle ne semblait pas vraiment être le sujet. En même temps, une musique In-

---

[z] *La synesthésie est un phénomène neurologique non pathologique par lequel deux ou plusieurs sens sont associés. Par exemple la synesthésie dite « graphèmes-couleurs qui fait que les lettres de l'alphabet (ou des nombres) sont perçues colorées.*

dienne diffusée généreusement dans l'arrière boutique couvrait à moitié la conversation et le Sdeffe n'était pas du genre curieux. Il s'était alors esquivé prudemment après avoir chargé le tout dans la camionnette que Iossif avait loué. Un vague signe de tête du peu aimable propriétaire lui avait d'ailleurs signifié l'ordre de dégager au plus vite.

* * *

« C'est parti ! »

Cinq heure du matin, c'est un peu tôt, même pour voir Paris s'éveiller mais Pampille ne cache pas son plaisir et sourit à pleine dent. Très tentée d'ajouter un *« en voiture Simone »,* comme sa grand-mère le faisait lors de tout déplacement, fut-ce en train ou en bus. Elle se contente d'un,

« On va s'enjailler grave, mon frère ! ».

Cette familiarité lui vient naturellement avec Iossif. Ils ont appris à se connaître pendant ces longues semaines passées en quasi autarcie dans le 18 ième arrondissement. Il l'a à peine surprise en lui déclarant très vite qu'*'il préfère les garçons aux filles et que cela ne veut donc pas dire qu'elle n'est pas attirante s'il ne la drague pas'*. Le fond était gentil mais elle n'en avait rien à faire, ni à redire quand il s'agissait des préférences sexuelles des uns et des autres. Iossif avait néanmoins tenu à lui expliquer à quel point son *coming out* avait été difficile pour lui, le boxeur Georgien semi professionnel ! Les mal aimés savent se reconnaître et s'apprécier. Leur connivence s'en était accrue au fil des semaines. L'accord enthousiaste de Iossif pour effectuer cette livraison l'a touchée et elle aborde cette livraison en Ecosse sans aucune appréhension. Comme s'il s'agissait de la réponse naturelle à un appel du grand large qui n'a que trop tardé. Les deux navigateurs sont fin prêts, bien que, et c'est dommage, on ne voguera pas, il y aura juste ce tunnel entre Calais et Folkstone. À défaut de croisière pour traverser la Manche, ils passeront donc en-dessous, mais cela reste une expédition, avec un compagnon rassurant et toujours avide de nouvelles expressions à apprendre.

« *Un peu comme l'autre vieil allemand, ce Karl* », pense Pampille. A regretter de ne pas avoir appris à parler le Gaga [aa] ce parler populaire de Saint-Etienne pour lui en faire découvrir les nuances d'une prononciation un peu pâteuse.

La camionnette vient de quitter le périphérique et s'engage quasiment seule sur l'autoroute du nord.

« *Pampille, j'ai une patate atomique !* »

« *C'est un peu tôt pour les frites Iossif.* »

…

Il faut trois bonnes heures pour rejoindre Calais, une heure pour Folkestone avant la longue remontée vers l'Ecosse. Ils espèrent arriver à destination assez tard en soirée. Les deux livreurs de lustre échangent un regard complice. Oui vraiment, c'est le moment d'écouter du rap mongol. Ils commencent par *Wolf Totem* du groupe *Hu* [19] avec le chant de gorge poussé à l'extrême par des allumés pas totalement assagis depuis leur période hard rock, le tout comme si on était à Oulan-Bator. Ce n'est que le début d'un programme, concocté par Pampille, qui maintiendra Iossif éveillé sans aucune difficulté. La virée musicale oscille entre le bizarre et le classique.

---

aa *Le gaga est héritier d'une langue régionale connue sous le nom d'arpitan, parlée en Suisse, en France et en Italie. C'est aussi le nom d'un fromage suisse, encore un bel exemple de récupération opportune.*

Ils échangent peu de mots, juste le nécessaire, la béatitude règne. Les TGVs matinaux dépassent la camionnette sur la voie qui borde l'autoroute. Pas une vrai performance pour les bolides ferroviaires, la camionnette plafonne de toute manière à cent-vingt. Si le conducteur reste concentré, sa passagère finit par s'endormir après le passage en douane à Coquelles et juste avant l'embarquement dans la navette du tunnel sous la manche.

...

« *Full English breakfast ?"*

Pampille s'est réveillée coté British. Elle regarde, encore groggy, la serveuse avec des yeux ronds qu'une demi-heure de profond sommeil a fait dévier de la bonne focale. Le restaurant en sortie de Folkestone n'a rien d'excitant mais offre de quoi se restaurer sérieusement et à toute heure. Iossif sauve la mise de sa passagère un peu ahurie en commandant, sans hésiter, la totale ; *eggs and bacon with baked beans*, pour commencer, avec saucisse grillée, boudin noir, galette de pommes de terre, tomate cuite et même un *bubble and squeak*[ab] traditionnel qui figure curieusement dans le menu.

Elle n'attend pas l'arrivée de tous les plats et se jette sur les toasts beurrés en y étalant de la marmelade. Elle écoute à peine Iossif qui lui explique sa dernière rencontre de boxe en Angleterre l'année précédente.

« *Vois tu, la boxe, on dit que c'est un sport violent et ça en a l'air mais ça n'a rien à voir avec la violence, haineuse, de celui qui veut te faire la peau, pour ton fric ou pour venger je ne sais pas trop quoi ou qui !* »

---

ab   *Les ingrédients principaux sont la pomme de terre et le chou, mais des carottes, des pois, des choux de Bruxelles et d'autres légumes peuvent être ajoutés dans ce plat familial.*

« *C'est de devoir rouler à gauche qui te mets dans ces états ?* »

« *Je gamberge quand je conduis longtemps et je repense simplement à ces moments en Géorgie où gamin je devais me battre pour survivre, excuse moi ...* »

« *Pas de quoi, vraiment* » Sur ce, elle repousse le boudin noir juste arrivé sur la table vers son compagnon qui l'engloutit sans hésiter.

* * *

Les deux marcheurs ont maintenant atteint leur rythme de croisière. Une vingtaine de kilomètres avalés chaque jour. Ou plus, lorsqu'un tracé mal suivi leur fait découvrir d'autres chemins. Trajet planifié ou pas il est toujours boueux, car il faut bien l'admettre l'endroit reste, en ce mois de Juin, un peu humide et frais, voire très frais,

« *Ça rouchte un peu tu ne trouves pas ?* » S'exclame Karl un beau matin particulièrement froid. Augustin est surpris de l'émergence de cette expression alsacienne dans la bouche de son ami qu'il ne savait pas être un nostalgique du *Gross Deutchland*. Il opte pour la simple coïncidence et se contente d'approuver.

« *C'est clair et si les ours polaires continuent à nous souffler dessus, on va se choper la caillure* ».

Leurs routines respectives se sont coordonnées sans heurts, en dépit de conditions climatiques pas vraiment favorables. C'est bien connu, les amitiés solides résistent aux désagréments du voyage, même les mieux préparés. À moins qu'elles ne se forgent à cette occasion ? Question qu'ils n'abordent pas en dépit d'une forte propension à se lâcher dans des discussions stratosphériques en début de course journalière. En effet, chaque matin, pour la mise en jambe, on devise d'abord gaiement sur le temps qu'il fait ou qu'il aurait pu faire, en parcourant les premiers « kahèmes [ac] » à petite allure puis vient l'instant 'David Hume', histoire d'honorer le philosophe local, très apprécié par les deux individus. Karl surtout, un vrai fan.

« Ce type était quand même extraordinaire, il écrit un énorme pavé, bourré de bon sens et d'idées révolutionnaires, qui ne se vend pas, alors il publie un article pour le commenter et expliquer comment comprendre l'auteur, un peu comme le ferait un journaliste et là, boum ! Le succès ! Même le père Kant va le citer tout le temps ! »

Le discours empiriste du célèbre penseur des Lumières Écossaises les conduit souvent à commenter les méthodes expérimentales prônées par le philosophe. Et de fil en aiguille, à moins que cela ne soit en passant du coq à l'âne, l'échange entre les deux randonneurs vire souvent sur le cosmos et ses mystères, domaine qui, comme on le sait, est très prisé par Augustin.

Fort heureusement, les matinées sont courtes lorsqu'on marche et à midi pétante, le cérémonial du pique-nique permet de revenir aux vrais valeurs et à évoquer les réalités de la vie. La dessus Karl n'a pas son pareil pour évoquer le monde brutal qu'il a connu en quarante ans de carrière dans la police à Berlin, avant, pendant et après la chute du mur. Augustin et lui font partie de cette génération qui, en occident, n'a pas connu la violence ultime et organisée qu'on appelle la guerre, en revanche Karl a du lui parfois jouer des muscles, voire d'avantage. Même s'il reste discret sur ses expériences personnelles, son compagnon n'est pas dupe. Il en a bavé.

---

ac *Kilomètre*

« Tu as beau dire, ou plutôt ne pas dire, il était temps que tu prennes ta retraite mon ami »

« Absence de preuve n'est pas preuve de l'absence ».

Enigmatiques à souhait, les conversations se terminent souvent ainsi le soir, autour d'un *fish & chips* dans un pub bien cosy. À l'issue des quatre jours de marche prévus, ils parviennent à *Castle fort,* à l'est de Bo'ness, où l'on peut voir les restes d'un fort romain en grande partie occupé par une ferme. L'endroit est désert et offre de fait peu à voir.

«Mais beaucoup à imaginer » précise Augustin qui tente la méthode Coué pour se convaincre de l'intérêt du site. Karl, plus direct, se contente de maugréer,

« Il n'y que les crabes et les cafards pour vivre dans un endroit pareil ! »

Ce soir là, après le *fish & chips* réglementaire, on se demande si les deux jeunes livreurs sont bien arrivés. Et accessoirement s'ils ont bien fait attention aux clarinettes qu'ils leur ont confiées à leur départ de Paris . Pas de nouvelles, bonne nouvelle.

* * *

Le Bric-à-Brac peut avoir ses moments de folie quand les badauds rappliquent en masse à la recherche de l'objet pas cher et utile ou alors de quiétude extrême, ce qui est le cas en cette soirée tranquille. Occasion pour Pierrot de respirer un peu sans avoir à s'occuper de qui que ce soit. Augustin et Pampille sont partis chacun de leur côté pour l'ancienne Calédonie et ne vont pas non plus perturber cet instant de répit qu'il s'accorde, en se relaxant dans un canapé du hangar, mais d'autres oui. Deux individus en costume sombre, l'un assez âgé, l'autre jeune play boy à Rayban se profilent dans le couloir d'entrée. Ils ont le type Indien. Pierrot lève la tête lorsqu'ils se dirigent directement vers lui, le visage fermé et pour le plus jeune, les poings également, ce qui doit lui donner de l'assurance car il apostrophe Pierrot sans manière.

« Un certain Serge est venu dans notre boutique hier et a chargé des marchandises qui ne lui appartiennent pas. Il vaudrait mieux nous dire ou se cache ce type, on sait qu'il traine par ici »

Pierrot se doit d'être non violent, c'est dans son contrat professionnel mais, né Le Goff, il est aussi Breton, têtu et très à cheval sur la politesse.

« Bonjour Messieurs » puis du haut de son mètre quatre vingt-dix (cela aide) et affichant un air un peu détaché,

« Je n'ai aucune idée où Serge se trouve en ce moment ». Il ne s'agit même pas d'un mensonge – que d'ailleurs le dit contrat l'autorise à proférer s'il est pieux – car le Serge n'est pas apparu de l'après-midi, très accaparé par ses plantations au sous sol.

« Maintenant, s'il vous plait, vous sortez d'ici » Pour bien se faire comprendre et juste au cas où cela ne leur plairait pas, Pierrot s'avance vers les deux individus en saisissant au passage un tisonnier accroché à une vieille cuisinière en fonte.

...

Une fois les deux visiteurs partis, Pierrot va refermer la porte principale en regrettant (une fois de plus) qu'il n'y ait pas de serrure et revient dans le préau. Il n'aperçoit pas Venmani qui n'a pas bronché, blottie dans un coin du hangar depuis le début de la scène et il se dirige vers l'autre extrémité du hangar. Il soulève une trappe qui donne accès à la cave.

« Serge ! Si tu es la dedans, il va falloir que tu te trouves vite fait un endroit où crécher. Tu t'es fait de drôles d'amis aux puces»

« ... ? »

« Et puis aussi, tu nettoieras ton herboristerie, avant de partir ! »

Venmani profite du désarroi de Pierrot qui a rejoint la cuisine pour sortir en silence de sa cachette et quitter le *Bric-à-Brac* discrètement. Pierrot ne la savait pas dans les locaux et ne s'aperçoit de rien. Elle en est convaincue, elle a reconnu un des deux visiteurs, le plus âgé, un parent de sa mère, entrevu plusieurs fois depuis son arrivée à Paris. Il doit, soit disant, aider la famille de Pampille à s'installer mais s'est contenté de promesses non tenues, tout en faisant travailler sa mère au noir. Le revoir accompagné de ce personnage menaçant l'a terrifiée. Elle se demande ce que Le Sdeffe a pu faire – ou ne pas faire – et qui semble impliquer Pampille maintenant en route avec le lustre pour l'Ecosse. Il lui faut investiguer au plus vite, mais avant tout prévenir son amie, discrètement. L'imagination très fertile de Venmani lui fait choisir le code couleur connu de son amie. Une fois rentrée et seule dans sa chambre, elle crayonne vite fait un court message qu'elle prend en photo et envoie. Elle en est convaincue, Pampille le décodera et elle l'appellera dés qu'elle le pourra.

* * *
*

« Salut à toi, mon brave, mon cher, grand chef du clan de la bonne chère ! Au-dessus d'eux ta place est claire, boyau, tripe, estomac : tu mérites bien une belle prière aussi longue que mon bras. »

Robert Burns, Address to a Haggis 1786.

Chapitre 6 Schubert[ad] aimait-il le Haggis ?

d

---

ad   *Extrait du Moment Musical de Franz Schubert OP 94-3. On ne saurait trop recommander son écoute au lecteur opiniâtre qui aura atteint ce chapitre. Et, soyons précis, dans la version interprétée par le Klarinettenquartet Antea.*

Une pause guillerette et salutaire dont il ne faudrait pas se priver, cela serait dommage.

Les livreurs ont fini par trouver le manoir des Hume après avoir un peu navigué dans les faubourg d'Edimbourg. Le GPS s'intéresse peu au côté de la route sur lequel on doit rouler. Les réflexes du conducteur continental peuvent s'avérer mal avisés et il y eut quelques moments forts lorsque la camionnette se retrouvait face à un autre véhicule lors d'un changement de direction. La cargaison était bien arrimée, heureusement. Ils ont prévenu de leur arrivée tardive mais les résidents tiennent à les accueillir après leur long voyage depuis Paris. Ils attendent en devisant dans le salon. Marie-Angèle est la plus énervée et se lève d'un bond en voyant les phares de la camionnette pointer dans l'entrée du domaine.

« *Les voilà ! Les voilà !* » Pampille s'extrait à peine du véhicule qu'elle est déjà enlacée par sa grand-mère pendant que David et Lizbeth viennent saluer un Iossif un peu abruti par ses douze heures de conduite. David les accueille tout joyeux, il a été ces derniers jours comme obnubilé par la description du lustre qu'il avait reçu de l'antiquaire. Il pourrait la réciter par coeur.

Cet élégant lustre, appelé Marie-Thérèse, ou Louis XV, en cristal de bohème et bronze massif patiné vieil or, allie brillance et légèreté.

Les bras en double volute et ornés de motifs en feuilles enroulées se rejoignent en partie inférieure sur un culot finement ouvragé. Les bras s'appuient également sur une partie supérieure assortie, qui s'inscrit en prolongement de l'élément d'accrochage. Les cristaux de bohème, sont taillés en poire, en feuille ou en rosace et sont soulignées par une seule boule à faces taillées placée à l'extrémité inférieure de ce magnifique luminaire de 18 bobèches et 54 pampilles pour 112cm de diamètre et 66 cm de hauteur et un poids total de 50 kg.

Au prix d'un grand effort et grâce à la vigilance de Lizbeth, David se retient d'entrer sur le champ dans la camionnette pour voir l'objet convoité.

« *Venez donc les amis, il faut vous restaurer avant de vous reposer* » puis, les précédant dans l'allée qui conduit à la Mansion, il continue,

« *Vos 'concurrents marcheurs' devraient arriver demain, ils ont voulu se rejouer le 'Da Vinci Code' en s'arrêtant à Rosslyn* [ae] *et la fête est prévue pour dimanche, on aura juste le temps d'installer le lustre !* »

...

Le repas est terminé, les deux voyageurs n'écoutent plus vraiment David depuis un certain temps et commencent sérieusement à piquer du nez, il faut les interventions fermes et jugulées de Lizbeth et Marie-Angèle pour les laisser enfin aller se reposer. Avant de se coucher Pampille parvient à envoyer deux messages. A Venmani d'abord pour lui dire de ne pas s'inquiéter, '*tout s'est bien passé, je t'appellerai plus tard*' et à Augustin et Karl, leur demandant de '*rappliquer fissa car même si elle est bien arrivée aux Georgian Heights, il y avait peut-être de l'embrouille dans la livraison*'. Le message qu'elle a reçu de Venmani est très court et elle l'a décodé sans difficulté mais elle est trop fatiguée pour s'en inquiéter d'avantage. Un danger avec le lustre ? Le ronflement puissant de Iossif, pourtant situé dans la chambre voisine, de l'autre côté d'une fine cloison, ne l'empêchera pas de s'endormir.

---

ae *La chapelle de Rosslyn fut construite au XVe siècle à environ 11 km au s d'Édimbourg. Elle est connue pour son nombre important de sculptures, gravures et décorations. Une partie du roman Da Vinci Code de Dan Brown s'y déroule.*

* * *

« Bon, je dois t'avouer que j'ai toujours un peu fantasmer sur l'Ecosse »

« Les jupettes des messieurs peut-être? »

« Chacun son truc Augustin, c'est pas le mien, mais pour toi, ça serait plutôt les fantômettes habillées sexy dans des châteaux hantés, non ? Moi, c'est de pouvoir écouter les 'bag pipes' en vrai ! J'en rêve depuis tout petit ! »

Les deux marcheurs ont quitté très tôt *Rosslyn*. La visite de la forte interessante église qui a servi de décor pour la fin du film *Da Vinci code* a été vite expédiée en dépit des multiples sculptures et des bas-reliefs disposés à l'intérieur comme à l'extérieur du sanctuaire. Il s'agit de pouvoir prendre le bus qui les emmènera non loin des *Georgian Heights*. S'ils feignent l'insouciance, le message de Pampille les a motivé à mettre les chaussures de marche au repos (non sans plaisir) afin d'arriver au plus vite. Mais ce qui les intrigue d'avantage est un autre message, transmis par Venmani cette fois, le matin même, et adressé directement à Karl. A la différence de ce qu'elle a envoyé à Pampille, il s'agit d'un texte qui n'est pas codé et même rédigé en excellent français.

> *« Nous avons trompé Augustin avec une fausse Eloise Lastic que j'ai créée avec Pampille (il comprendra) et je ne veux pas recommencer avec vous. J'éprouve une grande honte à vous révéler qu'un membre de ma communauté réalise des affaires illicites. Il ne m'est pas possible de garder le silence car la sécurité de ma très chère amie Pampille et de vous autres est peut-être compromise. J'ai découvert que le lustre transporté en Ecosse n'est pas celui qui devait être livré. J'ai reconnu le commanditaire qui est un de mes oncles et m'en morfond d'autant plus »*

Agustin est impressionné par le style et commence par expliquer rapidement à Karl le cas 'E.Lastic' (tout en étant un peu vexé de s'être fait berner, il faut bien l'admettre). Une fois cette piste éliminée et devant l'air pensif de son compagnon, il le questionne,

« *Va falloir reprendre du service monsieur l'inspecteur !* »

« *Difficile de lire entre les lignes mais il semblerait que cette jeune fille soit sous l'emprise de sa communauté* [20] . *Elle en sait peut être plus, sans vouloir ni pouvoir en dire d'avantage* »

...

Leur arrivée en fin de matinée aux *Georgian Heights* coïncide avec celle de Logan qui pénètre dans l'allée du parc, au volant de sa chère *Woody Dodge Suburban*. Comme d'habitue désormais, il est arrivé en trombe, se garant d'un unique coup de volant élégant au coté de la camionnette des livreurs.

« *La cavalerie arrive !* » s'exclame David en voyant tout ce beau monde débarquer simultanément.

« *Bienvenus au domaine messieurs, Augustin et Karl, je présume, je suis David Hume* - les deux arrivants échangent un discret clin d'oeil - *laissez moi vous présenter Logan Gordon qui a sauvé Béhémoth* ». Le chien a peut-être entendu son nom car il apparaît et se précipite vers son soigneur, ignorant les deux ex-marcheurs, encore un peu crotté il est vrai.

« *Vous tombez à pic ! Cinquante kilos à soulever et à accrocher en guise d'apéritif, qu'en dites vous ?* ». Devant le regard médusé d'Augustin, qui se force à peine, il reprend,

« *Je plaisante, l'accrochage du lustre est terminé mais venez donc, je manque à tous les bons usage et tout d'abord soyez les bien venus aux Georgian Heights »*. Sans attendre, David prend le chemin de la Mansion accompagné de Logan qui se fend d'un minimaliste mais cordial *Hello* vers les randonneurs un peu éberlués qui échangent à voix basse en suivant leur hôte.

« Karl, Voilà une réincarnation intéressante de notre empiriste préféré »

« En tout cas, le lustre livré était entier et accrochable, c'est un début »

...

« Le tableau est charmant, il ne manque que les costumes d'époque », se dit Augustin lorsqu'ils pénètrent dans le grand salon. Iossif, sur une double échelle fait doucement tourner l'énorme lustre devant ces dames – Lizbeth, Marie-Angèle et Pampille - émerveillées qui remarquent tardivement l'arrivée des visiteurs. Marie-Angèle finit par se retourner quand Iossif lance un magistral,

« Les marcheurs ! ».

Les présentations et les retrouvailles sont brèves et joyeuses. Le regard complice mais dur que Pampille lance aux deux marcheurs est sans ambiguïté, on ne va pas gâcher la fête, bien que celle-ci ne soit prévue que pour le lendemain. Karl regarde émerveillé les formes gracieuses (du lustre) et examine la verrerie, sans avoir l'air de trop insister, mais de fait, très intensément. Iossif abandonne fièrement le haut de l'échelle pendant que David, encore plus *space* que d'habitude, se lance dans la description du programme du lendemain.

« C'est un énorme plaisir de vous voir tous réunis, en dépit des mauvaises Augures et autres cochonneries qui nous pourrissent la vie depuis prés de six mois, et donc nous allons pouvoir célébrer

– *grâce à notre ami Logan – le Haggis dans toute sa splendeur et ses surprenantes caractéristiques* ».

Et Logan de s'incliner humblement, avant de lâcher haut et fort,

« *Soyez courageux ! Comme les fiers Pictes et les Scotts que j'aurais l'honneur de représenter demain midi avec neveu Gregor* [21] »

Sans doute satisfait de son effet, il quitte la petite assemblée sous le regard impressionné de Marie-Angèle qui s'approche d'Augustin.

« *Logan m'a tout expliqué, le haggis c'est une panse de brebis farcie d'un hachis à base de viande - traditionnellement des abats de mouton - et d'avoine* ». Augustin n'a rien demandé à Marie-Angèle mais il la remercie poliment. Il a la vague impression de se retrouver devant sa loge lorsqu'elle lui expliquait sa haute cuisine portugaise, sachant qu'elle lui demanderait des comptes le lendemain.

« *Mais de là à en faire tout un plat*» se croit autorisée Pampille qui assiste à la conversation. Marie-Angèle fronce le sourcil.

« *Ma petite, Logan a bien insisté sur le cérémonial obligé et je te serais reconnaissante de bien répéter la lecture du poème qu'il va te remettre, à ma demande, c'est un honneur qu'il nous fait* »

« *Ah oui ! ton Logan ...* »

Marie-Angèle pique un fard mais n'est pas du genre à se laisser distraire, encore moins moquer par sa petite-fille

« *Oui et MON Logan, comme tu dis, va nous faire une petite cérémonie demain afin d'honorer ce plat national. Il paraît qu'ils font ça tous les ans fin Janvier mais cela a du être annulé cette année. Si tu avais un peu de culture, tu saurais qui est Richard Burns, grand poète écossais qui a fait connaître le Haggis grâce à un poème très célèbre !* »

Augustin est impressionné par l'assurance et le savoir très documenté de Marie-Angèle et profite de l'échange, moins cordial, qui suit entre grand-mère et petite fille, pour s'éloigner et retrouver Karl qui découvre le parc. Iossif les y rejoint et leur apporte les deux clarinettes confiées à Paris. Le Géorgien est au zénith de sa forme.

« *Mission accomplie de ა à ვ, soit de an à hae [af], comme on dit par chez moi* » avant de s'esquiver très content de lui.

« *Le Géorgien peut être très fier* » lance Augustin en saisissant avec délectation la boite qui contient son instrument.

« *Dommage que le plus connu d'entre eux soit Staline [ag]* »

« *Je sais qu'on n'aime pas trop le bonhomme dans ton pays Karl, mais il est vrai qu'il a battu tous les records d'inhumanité* »

Les deux *'vieux'* comme Pampille les appelait devant Venmani - horrifiée par ce manque de respect - prennent à pleine main leur clarinette, après les avoir méticuleusement assemblées. Le ciel est couvert, menaçant et ils décident de se réfugier sous la véranda après un bref échange sur les conditions atmosphériques, comme cela en est l'usage au Royaume-Uni. Ils sont devenus experts en la matière. Lizbeth et la petite Wendy s'approchent d'eux, mettant un terme à une promenade dans le parc pour la même raison. L'enfant est intriguée par les *très grosses flûtes* et veut absolument rester pour écou-

---

af   *Enfin, de A à Z quoi ...*

ag   *Soso Dzhugashvili effectivement plus connu sous le nom de Staline est né à Gori en Géorgie* ter. Sa mère encourage les deux hommes à jouer, juste pour elles deux.

« J'insiste et me permet d'ajouter un peu de Sénèque 'La vie, ce n'est pas d'attendre que les orages passent, mais de danser sous la pluie' »

Impressionnés par l'à-propos du propos, selon la remarque Augustin, les deux hommes s'inclinent et s'apprêtent à jouer. Wendy s'assied à côté de sa mère. Cela fait plusieurs mois qu'Augustin s'entraine quotidiennement à accompagner Karl sur ce morceau de *Franz Schubert*, le Moments Musical opus 94-3, et voilà que le public qu'il redoute le plus va assister à sa première représentation, un enfant. En un l'espace d'un éclair, il croit entendre les consignes de son maitre, maintenant à ses cotés, en chair en os et non plus sur un écran.

« Il y a les basses staccato et la mélodie enrichie d'ornements , sans ce staccato et son phrasé exécuté en notes bien détachées, le tout part en couille »

Pas de quoi faire baisser sa tension. Karl se lève le premier, suivi par son partenaire duettiste qui est à la limite de l'étourdissement.

« Allegro Moderato, fa mineur »

 Pom   Pam   Pom   Pam   Pom   Pam   Pom   Pam ...

Tout en jouant Augustin jette des coups d'oeil discrets vers l'enfant qui l'accompagne en dodelinant de la tête.

« Surement pour l'aider à garder le tempo » pense t'il, un peu rassuré. Personne ne la remarque mais Pampille assiste également

depuis sa chambre au premier étage, juste au dessus.. Elle peut se targuer de gouter à l'extrême la 'coloration' de la pièce enjouée, appelée l'air russe. Un peu trop à son goût, ce coté coloré de l'air en question. Lorsque les deux minutes du moment musical sont passées, une alternance obsédante des couleurs *rouge / noir* du stoccata lui reste en tête. Au même instant, Augustin, soulagé, se fend d'une accolade magistrale avec Karl reconnaissant, au grand plaisir de Wendy qui en profite pour demander à essayer la grosse flûte à son tour.

* * *

« Oui je sais, aujourd'hui c'est le 25 Juin, pas le 25 Janvier [ah] mais on fait comme si, d'autant qu'il ne fait pas chaud pour un mois de Juin et on se croirait en hiver et puis avec cette année de m ... on a tous les droits ! Enfin, comme on sera moins de dix personne ça peut le faire avec ces p... de règles sanitaires ! »

David, visiblement très en verve, s'interrompt pourtant et fait quelques pas dans l'allée principale du parc, il se retourne et admire satisfait la grande banderole accrochée entre les deux colonnes blanches de l'entrée de la *Mansion*, la rendant encore plus solennelle - ou *kitch-pseudo-grecque* selon Augustin.

Welcome to Burns day 2020

Toute la maisonnée est sur son trente et un, belle opportunité pour Karl de faire le malin, en expliquant à un Iossif très attentif mais dubitatif qu'il ne porterait pas ce soir le trentain [ai], ce drap très raffiné, composé de trente fois cent fils et destiné aux vêtements de

---

ah   *Date officielle de la Burns night*

ai   *Origine de l'expression sur son trente et un, faut il le préciser ?*

luxe. Les autres convives ont vite appris à ne pas écouter ses bavardages et scrutent l'entrée du parc à l'affut de tout signe avant coureur. C'est plutôt l'oreille qu'il faut tendre et sur ce terrain là, Béhémoth est le plus fort. Le chien s'élance soudainement vers l'entrée, sans hésitation avant même que les premiers sons ne parviennent à la Mansion. Puis très vite, la déferlante ne laisse aucun doute. Deux signes avant-coureurs permettent de comprendre que des *bag pipes* sont maintenant lancés à pleine puissance. Il y a d'abord le visage extatique de Karl, puis le retour en mode panique de Béhémoth, la queue entre les jambes après s'être retrouvé face à deux cornemuses pour la première fois de son existence.

Logan et Gregor apparaissent maintenant à l'entrée du domaine. La dignité et le maintien parfait des deux hommes ne peut néanmoins pas oblitérer leurs différences. D'âge bien sûr. Pas que. Le jeune gaillard qui se tient à côté de Logan le dépasse d'une tête, visiblement tout en muscle si l'on en juge le gabarit de ses jambes et de ses bras. Ils arborent tous les deux la splendide tenue écossaise traditionnelle, complète jusqu'au moindre détail. Le kilt bien sûr, réalisés dans un tissu à motif de tartan fait de bandes alternées de fils teints dans la masse, le *sporran*, sacoche de petite taille portée à la ceinture, les *ghillies*, des chaussures de cuir souple et épais, lacées au-dessus de la cheville, sans oublier le petit poignard glissé dans la chaussette droite, le fameux *sgian dubh*. S'agissant de *LA* soirée formelle dédié à Burns, ils portent tous les deux, une courte veste noire, genre spencer, sur une chemise blanche et un gilet également noir.

« *Ils sont splendides !* » s'exclame sans retenue Marie-Angèle parmi les autres spectateurs tout aussi impressionnés. Les deux fiers Ecossais tiennent la cornemuse bien droite devant la poitrine, la gonflant à l'aide du *buffoir porte-vent* en peau qui permet d'alimenter en permanence le son du hautbois. Les deux héros du jour ont entamé l'air du *Scots Wha Hae* [aj] et s'avancent maintenant à pas lents sur le chemin qui mène à la Mansion. La synchronisation entre les deux hommes est parfaite, l'effet saisissant. C'est le signal pour une rentrée précipitée vers le grand salon. La maitresse de cérémonie, Lizbeth, avait été formelle, sur instruction de Logan. Lors de leur entrée dans le grand salon, tous les convives devaient être assis autour d'une grand tablée en U face à une desserte réservée à la cérémonie.

« *Assis ET recueillis, lorsque les cornemuses feront leur entrée* ». Tous s'exécutent, un peu à regret, tant l'impression donnée par les deux musiciens marchant sans précipitation sur le sentier qui mène à l'entrée principale est forte. Seuls Pampille et Ioussif, une fois installés, commencent à se dissiper,

« *Il a de beaux mollets le neveu non ?* »

« *Non Iossif, même pas en rêve, celui là, il est pour moi* »

Ils se font vite remettre en place par Lizbeth. On peut certes ne pas aimer le cornemuse mais il faut bien reconnaître que la musique traditionnelle écossaise dégage cette énergie mélancolique qui peut tout emporter. Lorsque les deux hommes pénètrent dans la pièce, le recueillement est réel, pas celui de l'église ou du temple, celui qui accompagne l'exhalation de nobles sentiments - normalement peu guerrier, sauf quand il s'agit d'aller *casser de l'anglais* - précise Karl à Auguste en aparté discrète. Logan et Gregor font un tour complet de la salle, toujours à pas lents, passant derrière les convives qui ne bronchent pas – Wendy moins que quiconque – et

---

aj *"Scots, Who Have" soit, en gaélique écossais "Brosnachadh Bhruis", est une chanson patriotique écossaise utilisée comme hymne national officieux de l'Écosse. Les paroles sont dues au poète écossais Robert Burns en date de 1793.*

viennent se poster derrière la desserte pour terminer leur morceau. Lorsque le dernier son finit par s'évanouir dans la grande salle, Logan s'avance, prend un verre sur la desserte. Le liquide jaunâtre ne laisse planer aucun doute sur le contenu du verre.

« Tout Ecossais qui se respecte peut déclamer par cœur l'hymne au haggis de Robert Burns. Ce n'est pas un chant mais une prière, chers amis et hôtes, les écossais ici présents – il se retourne vers Gregor posté juste derrière lui – *y veilleront ! Soyez les bienvenus en Ecosse et que cette cérémonie vous marque à jamais ! ».*

Sur ce, il vide son verre d'un seul trait, signal de départ pour un applaudissement général et un toast, enfin une série de toasts à l'Ecosse, à l'Amérique, à la France, à l'Allemagne, au Portugal et à la Géorgie. L'atmosphère cérémoniale des premiers instants, bien mise en scène selon les consignes de Logan, fait place à un brouhaha sympathique, pourtant les deux porteurs de kilt restent debout et bien droits avec Gregor toujours légèrement en retrait. Logan perçoit un signe discret de Lizbeth qui fait face à l'entrée de la cuisine. Une jeune fille du village voisin est postée dans l'encadrement de l'entrée et porte un plat couvert. Logan recule d'un pas et saisit sa cornemuse à pleine main, puis suivi par neveu, se dirige en silence vers l'entrée de la cuisine. Ils gonflent leurs instruments et c'est – forcément - « *the Scotland brave*», l'air de la célèbre marche écossaise qui envahit maintenant la salle. Une petite procession se met en branle au rythme de la marche, avec en tête la jeune fille porteuse de plateau, suivie de Logan et de Gregor en totale harmonie. Les convives sont scotchés (forcément) et se mettent à battre des mains pour accompagner ce moment qui dépasse de loin les délires d'un rap guttural mongol, se dit Pampille. Les trois écossais se dirigent vers la table desserte sur laquelle le plat est déposé avec cérémonie.

D'un geste rapide, on retire le couvercle et la chose apparaît. On ne le dira jamais assez, le *Haggis*, cette poche bien remplie n'est pas une arme secrète, même s'il est vrai que son lancer est une compétition à laquelle d'ailleurs la maisonnée n'échappera pas. Il est en revanche exact que son fumet est d'une délicatesse toute relative. Karl est assis à proximité de la chose et est de ce fait un des premiers à bénéficier des effluves dégagées. Sans hésitation il profère, à voix basse

« *Ça emboucane grave sévère ce truc !* »

Mais l'heure n'est pas aux commentaires. Un calme relatif revient dans la salle, Logan en profite pour sortir un énorme couteau de cuisine d'un fourreau déposé sur la desserte. Il le lève d'un geste théâtral, tel un grand guerrier. Sans s'en rendre compte, il pointe la lame en direction du majestueux lustre – une belle image – et entame, l'air totalement inspiré la récitation de « *l'ode au Haggis* » [ak 22]

> *Bénie soit votre honnête et attrayante face,*
> *Grand chef de la race des puddings !*
> *Au-dessus d'eux tous vous prenez place,*
> *Panse, tripes ou boyaux :*
> *Vous êtes bien digne d'un bénédicité*
> *Aussi long que mon bras.*

Pendant que Logan récite chaque vers avec emphase, il maintient stoïquement en l'air son grand couteau avec lequel il fait de temps à autre quelques moulinets. Fort heureusement les cristaux accrochés sur les branches les plus basses du lustre se situent bien au dessus du

---

ak   *Il était tentant de laisser la beauté du texte intégral s'exprimer dans sa langue d'origine, mais on va dire que la première strophe de ce poème épique suffira peut-être (traduit en Français par Armand François Léon de Wailly). Que le puriste se rassure, on trouvera les huit strophes du poème dans la version originale dans les notes en fin du p.e.t.*

fier Ecossais. Augustin ne peut cependant s'empêcher d'imaginer un sort différent au lustre et à ses dépendances, sans doute le résultat de la lecture intensive de bandes dessinées dans sa jeunesse. Logan baisse maintenant son arme et recule pendant que Gregor prend le relais et continue la déclamation. Il y a huit strophes, ce qui pourrait conduire à un endormissement général, sauf que c'est maintenant Pampille qui se lève de son siège et récite à son tour une strophe. Lizbeth prend la suite pour la suivante et elles alternent ensuite avec Gregor d'une strophe à l'autre. Le mélange des accents crée une ambiance très particulière, à mi-chemin entre une réunion de l'académie internationale de la poésie et un congrès de cadres d'une grande entreprise. Augustin, plus terre à terre à terre, propose à son voisin,

« *Un bel exemple d'œcuménisme de la panse* » Karl acquiesce,

« *Ou alors, l'internationale des tripiers peut-être ?* »

Le dernier vers de la dernière strophe lu, Logan se redresse, reprend le devant de la scène puis lève de nouveau ce qui dans son esprit est devenu un glaive sacré pour enfin planter la lame dans l'énorme poche et l'ouvrir en deux, sans hésitation, ni précipitation. La chose ne peut résister et s'ouvre en deux, dans un soupir.

Marie-Angèle sait – grâce aux confidences de Logan – que la cérémonie touche à sa fin. Sans aucun doute, l'arrivée tonitruante des deux *bag pipers*, suivi de l'éloge et de l'exécution du Haggis est un spectacle impressionnant en Ecosse, avait-t'il averti. La réponse de Marie-Angèle l'avait scotché – encore une fois – lorsqu'elle lui avait répondu,

« *Mais rassure moi Logan, l'Ecossais est capable d'autres performances impressionnantes non ?* »

Pour le moment, la panse éventrée déverse un contenu indéfinissable. L'odeur qui s'en dégage confirme la première impression concernant son fumet et là, commence la course ; on découpe, on partage et on remplit les assiettes en y ajoutant des légumes apportés de la cuisine, le tout au plus vite, afin que cela reste chaud et surtout que l'on ait guère le temps de trop réfléchir. Il va falloir y passer. Augustin se penche vers son ami,

« Le Haggis fait tomber les masques Karl ! Regarde la tronche de David et de Lizbeth devant leurs assiettes »

...

Les masques, justement, ont été rangés depuis la fin [al] des mesures sanitaires, certains le regretteraient presque ce soir. Puis, le courage aidant et à la vue de Logan qui engloutit goulûment d'énormes morceaux, on tente, on goute, du bout des papilles – s'attendant au pire qui ne vient pas forcément, enfin pas tout de suite – et parfois même on en reprend. Enfin, Augustin surtout. Pampille n'est pas la dernière à vouloir tout gouter. Histoire d'oublier ses inquiétudes, suite au message de Venmani qu'elle se refuse encore à évoquer à Augustin.

...

« Heureusement, il y a ce magnifique Whisky, ça aide à faire passer, non ? » glisse Karl à David qui ne s'est pas encore résolu à parler depuis qu'il a englouti sa première bouchée, sans trop s'attarder à la mâcher. Karl ne lâche pas sa proie et cogne son verre contre celui de l'Américain encore en état de choc gustatif.

« Et puis, à la guerre comme à la guerre, non ? » .

---

al *provisoire, mais qui le savaient alors ? ...*

Augustin vole au secours de leur hôte en le voyant pâlir et surtout peu enclin à rajouter quoi que soit dans son estomac.

« Ma grand mère n'aurait pas aimé entendre cette expression dans la bouche d'un Allemand »

« Ach ! Dommage j'aurais cru que cela était bien à propos, ou alors tu préfères peut-être, 'c'est parti comme en quarante' ? »

Pendant que David profite de l'échange pour se concentrer sur l'intense activité gastrique qui l'habite, Lizbeth et Marie-Angèle partagent leurs impressions sur la texture et les particularités gustatives du Haggis avec Logan, avant de s'inventer des taches domestiques, histoire de pouvoir passer quelques instants en cuisine. On se demande à faire quoi. On ne le saura jamais, la villageoise a terminé son service et s'est éclipsée dés la fin de la découpe. Quand elles reviennent à table, Gregor en a profité pour se rapprocher de Pampille et de Iossif et propose de leur apprendre un chant traditionnel écossais. Alors qu'il s'éloigne pour chercher sa cornemuse, Pampille chuchote à son ami

« Je reconnais qu'il a vraiment des mollets bien galbés ...»

« Et aussi sa manière de souffler dans le biniou peut-être ? »

Il prend un coup dans les cotes, mais ne s'arrête pas de rire pour autant. Le repas prend ensuite une autre tournure, surtout quand Iossif quitte la table à son tour et ramène de la camionnette les bouteilles de vin de Chinon que lui avait confiées Augustin à Paris. Il se croit obligé de préciser, à la grande surprise du fournisseur,

« À repas Pantagruélique, réponse rabelaisienne ! »

* * *

On lit dans les dépliants touristiques que la fête du Haggis *est généralement traditionnelle,* toujours joyeuse, et nécessite humour et whisky. On n'y parle peu du climat, à tord, car ici comme en d'autres régions océaniques dont on taira le nom, il peut faire chaud en été. Plusieurs fois par jour, même. C'est le cas cette après-midi. La température aidant, les invités de la famille Hume poursuivent leurs discussion sur un mode engourdi. Probablement aussi le résultat de la découverte mutuelle des boissons nationales entre Ecossais et Continentaux. Le repas se termine avec David et Lizbeth qui ont refait surface, bien décidés à prendre leur revanche sur ce Haggis qui *les a juste pris par surprise.* Lizbeth se lève et réclame l'attention,

« Chers amis je crois que nous allons pouvoir passer à l'épreuve, pardon je voulais dire, au divertissement suivant »

Augustin a une petite sueur froide lorsqu'il voit Wendy, accompagnée de Béhèmoth apparaître dans l'encadrement de la gigantesque porte vitrée grande ouverte qui sépare le salon du parc. Elle porte avec précaution les deux clarinettes qui ont été discrètement montées par Lizbeth. Logan regarde successivement Augustin et Karl et se lève à son tour, ravi de pouvoir s'esquiver, car il doit préparer la suite des événements.

« Juste le temps d'organiser le terrain et je reviens pour le concert ».

Quelqu'un(e) l'aurait-il averti qu'avec un peu de chance, il raterait les deux minutes de la prestation musicale ? …

* * *
*

« Si tu as le charisme d'une huître, ne cherche pas à gouverner l'océan ... Quoi que parfois une huître contient un joyau ... "

Cedric Diaz

Chapitre 7   Ça fait des lustres

Le mini-concert (enfin) terminé, les convives se sont rassemblés sur la terrasse attenante au grand salon. La prochaine séquence d'un programme suivi à la lettre, est annoncée par la maitresse de maison. Cela sera *'sportif'* et se déroulera d'ici une demi-heure - le temps de finir la préparation - dans le jardin, juste devant la véranda, au cas où l'on changerait de saison une fois de plus ...

Tout le monde ou presque, profite de la belle éclaircie pour aller se dégourdir les jambes dans le parc. Exercice salutaire après les libations en l'honneur du Haggis. Presque tous, car Pampille et Gregor en profitent pour s'éclipser discrètement. On ne niera pas plus longtemps l'effet des enfermements prolongés des dernières semaines sur les corps et les esprits. Aussi, lorsqu'en plus, une certaine attirance mutuelle s'est manifestée entre *la séduisante Parisienne* et *le neveu écossais bien bâti*, les deux jeunes gens ont tacitement décidé de se mettre à l'écart, histoire d'approfondir l'affaire. Le parc étant pas mal fréquenté en ce milieu d'après-midi, Pampille a proposé une visite de la grande maison, docilement acceptée par le jeune homme. Il l'écoute d'ailleurs avec peine car quelquepeu suspendu aux jolies formes de Pampille qui le précède dans l'escalier. Ils commencent par la chambre que Lizbeth lui a allouée. La visite va s'arrêter là. Gregor est interrogé sur sa tenue traditionnelle et tente de démystifier le port du kilt en dépit de l'insistance de Pampille à vouloir savoir – à défaut de pouvoir le vérifier pour l'instant – si effectivement *on ne porte rien en dessous.* Il est peu habitué à se faire investiguer de pareille manière mais accepte néanmoins et sans grande difficulté de tout révéler, tout en sollicitant une certaine réciprocité. Enfin donc, après avoir étudié de prés, le tartan et les autres bricoles folkloriques – dixit Pampille – exhibées par le fier jeune homme, on passe aimablement à l'intime. Le consentement est là encore mutuel et la séance va pouvoir commencer d'emblée sur un mode très courtois au départ mais qui va devenir plus torride une fois que le dit principe [am] de réciprocité sera appliqué. Ils vont vraisemblablement rater le lancer de Haggis. Mais peut-on jouir de tout, tout le temps ?

...

« *'Du pain et des jeux', avaient proclamé je ne sais plus quel empereur ?* »

« *Oui Karl et c'est comme ça qu'on tient une populace en laisse (ou en liesse, il ne sait plus), sauf que de nos jours – enfermement oblige, on était plutôt passé à 'du uber eats et du netflix' afin de satisfaire et apaiser les foules ...* » Augustin n'a pas le temps d'apprécier la réaction de son compagnon. Il aperçoit Marie-Angèle et Lizbeth qui apportent un énorme plat sur lequel s'étalent – ou plutôt gisent - cinq nouvelles panses de brebis pleines à craquer.

« *Alors comme ça il y en a d'autres ?* » Interroge Augustin, l'air faussement inquiet. Marie-Angèle, en bonne complice de Lizbeth reste silencieuse, une performance. Elles posent l'ensemble sur une table sous la véranda devant l'entrée du grand salon. Au même moment, Logan regarde son petit auditoire se rassembler. Il arbore un large sourire.

« *Chers amis, l'étonnement d'Augustin* - entre amateurs de panse farcie, ils sont vite passés à la familiarité - *est légitime. Le lancer de haggis* [an] *est une activité sportive peu connue en dehors des Highlands d'où viennent mes ancêtres. On dit que, lorsque les conducteurs de troupeaux allaient à Édimbourg, leurs femmes leur*

---

am   On se rappellera utilement qu'un principe est une loi physique apparente, qu'aucune expérience n'a invalidée jusque-là bien qu'elle n'ait pas été démontrée.

an   *haggis hurling*

lançaient les haggis par-dessus la rivière qui traversait le village et leurs maris les rattrapaient avec leur kilt pour le préserver »

Convaincu d'avoir suscité l'intérêt, il continue.

« L'affaire est très codifiée chez nous et l'on doit en particulier bien vérifier l'état du Haggis. Aucun défaut n'est permis et chacun doit de peser un demi kilo»

Maintenant juché sur le tonneau qu'il avait précédemment installé, il mime les postures qui seront exécutées durant le lancer : la contorsion, le pivotement, la rotation et enfin le transfert de puissance avant éjection. Le tout perché sur cette barrique. Il précise.

« Attention ! On doit pouvoir manger le haggis suite au lancer ! Je serai à la réception mais, s'il éclate, le lanceur est disqualifié ! ». Avant d'entamer sa redescendre, il clame enfin,

« Il y a un record à battre ! Soixante six mètres, c'était pile il y a dix ans !».

Marie-Angèle n'attend pas le rétablissement au sol complet de *SON* Logan. Elle se dirige vers le plateau et saisit la première panse. Augustin, fasciné, se dit qu'une fois de plus, sa chère Marie-Angèle en est la preuve vivante :

« Dans chaque concierge il y a une aventurière qui s'ignore » et il l'aide à monter sur le tonneau.

Sa performance, suivie de celles de Karl et de David, les seuls à s'être portés candidats au lancer, est honorable. Ces amateurs parviennent à expédier le haggis jusqu'à huit mètres. Seule la panse mal lancée par Karl éclate à l'atterrissage, en dépit des efforts de Logan pour la réceptionner intact. Au grand bonheur de Béhémoth qui accourt et engloutit les cinq cent grammes répandus sur le sol en quelques instants. Mais voilà, il en reste une. On insiste, on tergiverse et on finit par désigner Iossif comme challenger officiel. De guerre lasse, il se hisse à son tour sur le tonneau et on lui remet l'ultime panse de brebis farcie. Il écoute consciencieusement les explications répétées par Logan et commence à mimer les mouvements qu'il devra enchainer pour – il y compte bien – dépasser les huit mètres. Son entrainement de boxeur ne lui est pas d'un grand secours, jusqu'au moment où il s'imagine sur un ring avec, en guise de gant de boxe, cette panse dans la main gauche, lui, le *pourfendeur gaucher* comme on l'appelle parfois. On insistera jamais assez sur l'importance du mental. Les spectateurs, conscients de l'effort de concentration du sportif, restent silencieux. Logan lui même perd son sourire narquois, en parfaite communion avec le challenger qui entame la première étape, contorsion. Juste au moment – critique – du pivotement-rotation, un cri retentit depuis la fenêtre du premier étage, juste au dessus de la véranda, et le fait prolonger sa course. Un cri certes joyeux, mais d'une puissance impressionnante, suivi d'un « *Gregor !* » et d'un râle très caractéristique. Les muscles d'Iossif sont déjà en action, il a bien pivoté bien mais ce qu'il entend lui fait amplifier le mouvement et il se retrouve face à la grande porte fenêtre quand il lance la panse à pleine puissance. *Un uppercut imparable* - pense t'il, un (très) court instant, avant de réaliser qu'il a éjecté la panse dans le salon, pile sur le lustre. Le bruit qui suit couvre en partie la voix d'Augustin trop prompt à féliciter le champion du jour,

« *Il a fait au moins quinze mètres !* »

Un cliquetis suivi d'un son de cloche étouffé confirme, sans ambiguïté, le « *Remarkable hit !* » du Haggis sur le lustre, tel que Logan le décrit sans hésitation. Augustin parvient de justesse à se retenir de rire lorsqu'il entend, comme les autres, la suite bruyante des ébats qui ne se sont pas interrompus pour autant au premier étage. David se précipite dans le salon pendant qu'un retentissant

« *Pampille ça suffit!* »

est émis par Marie-Angèle et achève le tableau sonore. Iossif est resté planté sur son tonneau, encore incrédule mais tous les autres rejoignent vite David que Lizbeth essaie de consoler devant la scène du désastre. Le Haggis, lancé à pleine puissance, a bien heurté le lustre sur une de ses branches inférieures, arrachant une bobèche et ses trois larmes de verre, que dorénavant on ne plus vraiment appeler pampilles. Deux d'entre elles ont éclaté dans leur chute quand à la troisième … On ne l'aperçoit pas tout de suite car elle est enfichée dans la panse qui n'a pourtant pas éclaté. Mystère de la balistique. Elle ne reste pas en place très longtemps car Béhémoth déboule à grande vitesse et saute littéralement sur le Haggis et le saisit à pleine bouche avant de l'avaler d'une traite devant l'assistance médusée. Le désordre qui s'ensuit pourrait évoquer le marché de Brive-la-gaillarde juste après la déroute de la maréchaussée. C'est ce qu'Augustin confiera plus tard à Karl qu'il a converti à Brassens. Pour l'instant c'est Béhémoth qui est le centre de toutes les attentions. Il titube un peu – cinq cent gramme de haggis quand même, et pour la seconde fois en dix minutes – puis s'enfuit en courant dans le parc. Logan lui crie de revenir, Wendy rit aux éclats pendant que David s'assoit par terre effondré. Il regarde alternativement le lustre qui oscille encore un peu et la bobèche déchue qui a chu sur le sol. Lizbeth, à ses côtés semble quand à elle, concentrer son regard sur la coupelle en métal, bientôt rejoint par Karl. La chute, suivi du choc sur le sol, l'a ébréchée, mettant en évidence le métal.

« Mais c'est quoi ce truc ? » commence Lizbeth, puis, le grattant avec un morceau de verre, elle le montre à Karl qui s'est approché.

« Normalement c'est du bronze doré, mais regardez, sous la dorure, c'est pas du bronze, pas la couleur, pas le poids ... »

Karl se relève et fait signe à Augustin qui rapplique, ravi de ne plus devoir s'occuper de Iossif qui refuse obstinément de descendre du tonneau. Le regard que lui lance Karl l'avertit d'emblée que l'on a quitté l'instant de la gaudriole. Tout lui revient à l'esprit, le lustre, Venmani et ses messages. Aussi n'est il pas surpris lorsque Karl finit par répondre à Lizbeth.

« Madame Hume, je vous sais scientifique de métier, auriez vous un moyen de très vite faire analyser cet objet ? »

* * *

La voiture de Lizbeth file à bonne vitesse sur la route qui mène à *Blackford Hill* où est installé l'*Astronomy Technology Center*. La conductrice n'a pratiquement pas bu d'alcool lors de cette après-midi qualifiable de mouvementée et cela tombe bien, car ni Karl ni Augustin, quoique très lucides - selon eux - ne pourrait en dire autant. Il n'a pas fallu longtemps pour que la jeune femme régente la situation avant leur départ. On a secoué David qui s'est rappelé à ses devoirs et on a confié – par sécurité – Wendy à Marie-Angèle, ce qui donne un peu de répit à Pampille, descendue de son étage et de ses extases, pour apparaître dans le salon, sans remarquer le capharnaüm, en lançant un joyeux,

« Waouh ! On s'enjaille grave ici ! ».

Des regards lourds l'accueillent, mais bon, il n'y a pas mort d'homme et on se contente de la chahuter un peu. Gregor, béat lui aussi, mais plus discret, a vite compris l'intérêt à garder un profil bas et à assister son oncle. Il le rejoint pour traquer Béhémoth. Iossif, enfin redescendu sur la terre ferme, reste quand à lui prostré un bon moment avant de rejoindre Marie-Angèle à la cuisine pour aider à préparer de quoi ravigoter la petite assemblée.

...

Il faut à peine une demi-heure pour rejoindre *Blackford Hil*l depuis les *Georgean Heights*. Pendant le trajet, Lizbeth explique à Karl son travail de recherche en radio-astronomie et surtout les instruments qu'elle pense pouvoir utiliser afin de savoir de quoi cette bobèche est faite. Il pose des questions précises. Elle utilise des mots simples.

« *Karl est vraiment passé en mode investigation* » pense Augustin qui s'est d'emblée désigné comme passager à l'arrière. '*Savoir où est sa place*', lui disait sa grand-mère, qui ajoutait, et '*savoir que c'est une très belle place*'.

Le *Technology Center* est un bâtiment fait de pierres et de vieilles briques, typique du début du siècle précédent au Royaume-Uni. L'architecture encore assez Victorienne est imposante. Il s'agissait d'égaler – au minimum – la magnificence des édifices religieux. Constructions souvent impressionnantes à défaut d'être toujours très pratiques, alors forcément, au fil des années et des usages, des bâtiments parasites ont surgi, souvent d'un goût douteux, mais plus fonctionnels. Le centre est aussi doté d'une « *coupole astronomique qui en jette* », comme le précise Augustin. Il en profite pour évoquer ses passions récentes. Fort heureusement pour les deux autres passagers du véhicule, la voiture arrive au poste de garde,

« Bonjour Jonathan ! »

« Ah Madame Hume, alors on travaille même le dimanche ? Ah ces Américains ! »

Lizbeth sort du véhicule avec les passeports de ses passagers

« Cela sera rapide, mes collègues les professeurs Triboulet et Matserath m'accompagnent pour une visite du laboratoire »

. *« Oh Prenez votre temps ! Les étoiles ne filent pas aussi vite qu'on le dit »* Puis, content de son bon mot (pense t'il), le gardien ouvre la barrière d'accès au parking des employés. Augustin est assez fier de sa promotion au rang de professeur, mais Karl – sans doute moins sensible aux titres – continue à interroger Lizbeth pendant que le trio se dirige directement vers le laboratoire d'interférométrie.

« Au risque d'être un peu médisant, comment peut-on observer le ciel lorsqu'il est, on va dire, assez souvent, couvert ? »

Liz regarde Augustin sollicitant une percée de sa part. Il prend un air faussement détaché mais il est au firmament.

« La radio astronomie Karl ! On en a parlé rappelle-toi ! Il n'y a pas que la lumière visible dans ce que crachent les astres. Certaines particules se fichent pas mal des nuages pour arriver jusqu'à nous et être détectables »

Comme une professeur fière de son élève, Lizbeth dodeline de la tête lorsqu'ils pénètrent dans le laboratoire.

« Effectivement et cela redonne de l'activité à des centres comme celui-ci. Moins de planétologie - 'dommage' se dit Augustin qui ne peut s'empêcher d'avoir une pensée émue pour Pluton – et

d'avantage de participation à des observations du cosmos en radio-astronmie justement» Avant qu'Augustin n'ait pu étaler son savoir tout neuf acquis pendant ces derniers longs mois, Lizbeth s'installe sur un poste de travail, tire la bobèche de son sac et reprend,

« *Mais bon ! Maintenant, il s'agit de gratter un peu et de dissoudre. Le savez vous messieurs ? On a beau être astronome, on en est pas moins chimiste.* »

Tout en parlant, elle commence la préparation de plusieurs solutions au moyen de différents liquides qu'elle récupère dans les armoires du labo. Augustin est aux anges, c'est à dire très loin dans l'espace. Karl a gardé l'air sombre qui ne l'a pas quitté depuis la chute du lustre et prétexte une escale technique pour s'éloigner et aller passer quelques appels téléphoniques.

* * *

La situation aux Georgian Height a peu évolué depuis le départ du trio vers la science. Logan et Gregor continuent à chercher Béhémoth qui doit se cacher quelque part dans le parc, en pleine digestion. En revanche Pampille est définitivement revenue sur terre, un temps soit peu aidée par sa grand-mère, inquiète du départ soudain de Lizbeth et des deux « *vieux* ». Finaude de nature, elle suspecte un non-dit qui lui échappe. Ce qui serait presque une faute professionnelle pour une ex-concierge méritante.

« *Pampille, dis moi, c'est quoi cette histoire de lustre, comment l'avez-vous trouvé ?* »

Pampille aimerait elle même en savoir plus mais elle reste vague et surtout n'évoque pas le message reçu de son amie Venmani juste avant l'arrivée aux Georgian Heights. Elle le revoit mentalement et s'interroge une nouvelle fois. Inutile d'alarmer sa grand-mère qui reste à moitié convaincue.

« *Danger ! Oui mais quel danger ?* Se dit-elle, pas vraiment convaincue par son déni, « *Et pourquoi ces trois là sont-ils partis en catastrophe comme ça ?* » Elle meurt d'envie d'appeler directement Venmani, mais cette génération semblerait être victime d'une extrême pudeur lorsqu'il s'agit de communiquer oralement, à défaut de l'être pour d'autres aspects de la vie. Serait-il plus aisé de se cacher derrière le message, le texto, le gif, le meme ou autre tik tok avant d'attendre puis d'interpréter la réponse ou le silence de l'autre ? Dommage pour Pampille qui, si elle parlait avec Venmani, pourrait sentir son amie sous forte pression familiale depuis que son lien avec le *Bric-à-Brac* a été compris par son oncle, avec à la clé un cocktail peu digeste de chantage affectif et de menaces voilées. Venmani s'est d'abord résolu, avec ce message *'en couleur'*, à jeter un caillou sur son chemin en espérant que Pampille le ramasserait et répondrait pour en savoir plus. L'absence de réactions l'a convaincu de faire « *Ce que ferait cet Augustin qui savait expliquer si bien les choses* », à savoir contacter Karl directement pour les avertir que ce lustre là n'aurait jamais du partir en Ecosse et qu'il contient quelque chose de grande valeur.

...

Logan et Gregor finissent par retrouver Béhémoth au fond du parc et il a l'air sérieusement mal en point. Allongé sur le flanc, haletant, il respire avec difficulté et les mouvements suspects de son abdomen trahissent une forte activité incontrôlée.

« *File chercher ma trousse, ce chien est un vrai poème, en tout cas un joli cas d'étude pour un vétérinaire presqu'en retraite ! Comment peut on être aussi glouton ou stupide pour se mettre à courir comme ça, avec un kilo de panse de brebis farci dans le bide ! »*

Il caresse le pauvre animal qui a reconnu son sauveteur atitré. Logan n'a pas le loisir d'attendre le retour de Gregor car, soudainement, une contraction plus violente que les autres, secoue Béhémoth qui se relève à moitié, la gueule ouverte et la langue pendante et expulse d'un seul coup une énorme gerbe gluante qui ne prend pas par surprise Logan. Il a anticipé, c'est la moindre des choses pour un professionnel, en se reculant juste à temps. L'animal retombe épuisé mais soulagé. Un expert canin pourrait deviner sur la gueule de Béhémoth une espèce de contentement à moins qu'il s'agisse du relâchement des muscles de l'animal qui se détendent, petit à petit.

« Eh bien, c'est du lourd mon ami ! ». En même qu'il console le chien, Logan est rejoint par Gregor qui a accouru – trop tard pour assister à l'éruption cataclysmique – cela sera le terme qu'utilisera son oncle – avec la trousse du vétérinaire, peut-être maintenant moins utile. Gregor pointe alors du doigts le magma, certes pas en fusion, devant l'animal au repos.

« Mais c'est quoi ça ? »

« Ce truc ? Pas sûr, file moi une pince, tu n'auras pas couru pour rien » Logan agite la masse gluante et en retire un cristal intact

« M'étonne pas qu'il souffrait, l'idiot, il avait gobé ce bout de verre en même temps que le Haggis ! »

« On appelle ça une pampille, oncle Logan » Celui ci se retourne et regarde, amusé, le jeune homme.

« Il est vrai qu'en matière de Pampille, tu assures un peu non ? » Tout en nettoyant la pampille il poursuit,

« Reste un peu avec Béhémoth, je vais donner ça à David pour lui remonter le moral »

Le chien voit s'éloigner avec regret son protecteur. Un cynophile attentif et convaincu prétendrait peut-être déceler de la reconnaissance dans le regard pourtant vitreux du Golden. Or, une petite faim travaille l'animal libéré qui simplement se demande s'il est parti lui chercher un peu de Haggis.

* * *

« C'est du palladium » lance sobrement Lizbeth. Augustin et Karl restent silencieux. Ils ont eu, par le passé des discussions passionnées sur le type de chaussures de marche à privilégier, genre *Palladium* justement versus *Patogas* classique pour Augustin. Karl, plus politique, soutenant de son côté les *Mammut*, respectueuses de l'environnement versus les célèbres *Birkenstock* … Cependant, le regard étonné de Lizbeth ne laissent aucun doute, on n'est pas au rayon chaussure. Devant leur mutisme, elle se croit tenue de préciser,

« Un métal assez rare, c'est incompréhensible. Mais j'ai vérifié deux fois »

« Très recherché par l'industrie automobile » réplique enfin Karl, à la surprise des deux autres *« Ça vaut pratiquement le double de l'or ».* Il se tourne vers Augustin, comme pour se justifier.

«Il n'y a pas que toi qui joue les prolongations pendant la retraite, je suis consultant pour de grandes marques de voitures qui cherchent à casser des trafics de ce métal indispensable pour la fabrication des pots catalytiques». Il fait une pause puis,

« Et si vous le permettez j'aurai des coups de fil à passer pendant que nous rentrons chez vous Lizbeth, au plus vite, s'il vous plait »

Le gardien de nuit Jonathan aurait bien voulu discuter un peu et ainsi tromper son ennui. Il se fera – certes gentiment – rembarré. Le trio est pressé. Très pressé de rentrer aux *Georgian Heights*, Karl surtout.

* * *

Trois jeunes hommes masqués [ao] s'approchent à pied des *Georgian Heigths*. Ils viennent juste de garer un Bedford de location dans un chemin discret attenant au domaine. L'allure est rapide et gauche en même temps, hésitant entre le mode promenade et le déplacement utile. La petite route qui mène au domaine est déserte en ce dimanche, en fin d'après midi. Arrivés devant le domaine, ils entrent en silence, passant sous l'arche du portail grand ouvert et se dirigent directement vers les deux véhicules garés, la camionnette de livraison qui n'a pas bougé depuis l'arrivée de Iossif et Pampille et le Woody de Logan. Quelques gestes rapides plus tard, tous les pneus reçoivent le coup de poinçon fatal qui provoque un concert de sifflements aigus.

Iossif n'a pas l'ouïe fine et ce n'est pas cette rumeur qui l'a fait venir et apparaître sur le côté du bâtiment principal, non loin de l'entrée du domaine. Il a eu une très forte envie de s'isoler, pensant même s'enfermer dans la camionnette, histoire d'oublier sa bévue, athlétique mais destructrice. A la vue des trois perceurs, il est

---

ao   *Il convient de préciser – dans le contexte – que ces masques ne couvent pas que la bouche. Il aurait sans doute été plus simple de parler de cagoule.*

d'abord incrédule et semble paralysé par cette vision. Pas très longtemps, un premier individu s'apercevant de sa présence se rue sans attendre vers lui, la tête la première, arborant un rictus menaçant, le couteau-poinçon en l'air. Sa course furieuse trouve un terme brutal lorsque son visage rencontre le poing gauche que Iossif lui a machinalement administré, à pleine puissance. L'uppercut, c'est son truc. Ses deux comparses regardent stupéfaits la voltige suivie de l'effondrement instantané de leur comparse et se prépareraient volontiers à le venger mais au même instant, une sirène retentit au loin. Ils se regardent inquiets pendant que Iossif, maintenant très énervé, se met à crier.

« *Logan, Gregor, David, venez ! Vite !* », tout en adoptant une allure menaçante. Pure posture, il n'est pas armé, mais le bruit de la sirène s'approchant, il décide d'en rajouter en hurlant des insultes en Géorgien [ap] vers ses adversaires désemparés. Impressionnés ou pas, ces derniers oublient l'imprudent agresseur anéanti par Iossif, reculent et se précipitent vers l'entrée du domaine pour courir et rejoindre leur véhicule.

En ce début de soirée d'un dimanche écossais ordinaire, au Haggis prés, une occurrence (du genre de celles dont on pourrait douter) se produit alors. Il y a d'abord Pampille qui, à défaut des hommes appelés à la rescousse par Iossif a déboulé la première, très vite suivi de toute la maisonnée, à l'exception de Lizbeth et Wendy. Elle aperçoit l'agresseur de Iossif étalé sur le sol, façon baudruche et les deux autres individus en fuite. Elle s'extasie devant le tableau.

« *Oh mon Iossif ! T'as dead ça là !* [aq] »

---

ap *des trucs dans le genre «* რამოდენიმე ნაღირალა *!» que la décense empêche de raporter ici.*

aq *que l'on peut traduire par « Tu as assuré grave »*

Arrivé sur ses talons, Logan armé de son couteau « *special Haggis* », parait déçu de ne pas pouvoir s'en servir. A ce moment précis, la voiture de Lizbeth surgit devant le portail et faillit emboutir une voiture de police arrivée en trombe après avoir croisé les fuyards. Les policiers s'apprêtent à sortir de leur véhicule mais Karl surgit le premier de la voiture de Lizbeth, se présente et crie aux policiers, un peu ahuris par la scène, de faire demi tour, pendant que lui-même part en courant à la poursuite des deux indidus. Ceux-ci comprennent – à ce stade – que l'affaire commence vraiment à partir en sucette. Ils n'iront pas loin. Une seconde voiture de police les cueillent devant leur Bedford avant que Karl ne les rejoigne, essoufflé.

« *Dommage j'étais 'chaud bouillant'* », ainsi qu'il décrira la scène à Augustin et Lizbeth qui, quand à eux, mettront quelques minutes à sortir de leur voiture, l'air un peu hagard.

* * *

*

Ne jetons pas les morceaux
De nos cœurs aux pourceaux
Perdons pas notre latin
Au profit des pantins
Chantons pas la langue des dieux
Pour les balourds, les fesse-mathieux
Les paltoquets, ni les bobèches
Les foutriquets, ni les pimbêches

Georges Brassens, *La Femme d'Hector*

Chapitre 8 Bamboche sans bobèches

Les policiers sont maintenant partis depuis une bonne heure. Les méchants ont été embarqués, les témoins interrogés et il n'y aura pas de dépannage possible ce soir pour les voitures immobilisées. Les résidents et les invités des *Georgian Heights* se remettent un tant soit peu des émotions fortes de la journée.

Les Hume se sont isolés pour le bien être de Wendy qui, si elle n'a rien vu de choquant a bien ressenti les tensions et l'agitation. Ils jouent ensemble dans la chambre de l'enfant.

Marie-Angèle et Logan ont décidé de mettre en commun leur savoir faire et préparent une collation *« Parce que les émotions ça finit par creuser »*. Les travaux culinaires sont suivis avec attention par Béhémoth. La encore, Il est difficile de savoir si le chien, maintenant complètement remis, espère dégoter un nouveau morceau de Haggis. Ou alors s'agirait-il d'une simple dévotion envers ce monsieur en jupe qui l'a, une fois encore, remis sur patte ?

Pampille, Iossif et Gregor ont déniché une console et des manettes de jeu et se sont lancé dans des courses de bolides sur le grand écran de la salle vidéo.

Augustin et Karl déambulent à l'écart dans le parc *« Afin de laisser les résidents reprendre leurs esprits »* ont-ils prétendu et surtout pour tenter de recoller les morceaux de cette histoire.

« Tu vois Karl, pour moi, le représentant de l'ordre peut parfois être bas du front - sans vouloir te vexer - mais là, je dois dire qu'ils avaient bien pire en face d'eux »

« Autant je suis impressionné par la réactivité de la police locale ameutée par Interpol .. » commence Karl

« Par tes soins et 'well done' mon ami!»

« *Interpole c'est fait pour ça Augustin !* » reprend l'inspecteur agacé par l'interruption. Il a clairement repris du service, tout du moins dans le ton de sa voix. Il reprend,

« *... Autant on a eu de la chance d'avoir eu affaire à trois amateurs, embauchés sans doute à bas prix, pour récupérer le lustre. Avec des pros, ça aurait pu dégénérer, même avec notre boxeur* »

« *Ouaip, de vrais pieds nickelés nos trois bonshommes* »

« *Moi j'aurais dit les pieds palladiumisés, mais bon ...* »

Augustin est une fois de plus impressionné par la connaissance de la culture française [ar] de son ami, à mille lieux d'imaginer que Karl pense simplement qu'il s'est trompé de métal précieux. L'ex-inspecteur n'en dit pas plus. Il n'évoque pas non plus la conversation qu'il est parvenu à avoir avec Venmani lorsqu'il s'était isolé dans l'observatoire de Blackford Hill. Un peu à regret, Augustin n'insiste pas.

* * *

Le diner, joliment improvisé par Marie-Angèle et Logan, est apprécié de tous. L'ambiance est au soulagement, presque sereine. Le prestige et la présence rassurante de Karl, y sont pour beaucoup. Ce petit monde a rarement été confronté à la violence, si l'on excepte Iossif. Et puis il y a ce besoin de rester ensemble après une folle journée qui aurait pu mal se terminer. Logan et son neveu vont dormir au domaine. Le flirt non encore abouti de Marie-Angèle et Logan amuse la petite assemblée autant que l'aventure torride entre Pampille et Gregor.

---

ar *Les mésaventures de Croquignol, Ribouldingue et Filochard n'ont semblent -il pas encore été traduites en Allemand.*

« *Il y a des chambres d'amis qui n'ont jamais servi !* » clame Lizbeth qui a retrouvé toute son énergie après le retour brutal de l'observatoire. Elle parle maintenant avec enthousiasme de ce métal convoité, dont les bobèches seraient constituées.

« *Le palladium a été identifié et baptisé en 1803 juste après la découverte de la planétoïde Pallas. A l'époque on aimait peut-être penser que toute avancée scientifique en appelait une autre ...* »

« *Quelque part entre Mars et Jupiter* » s'autorise Augustin, qui a, lui aussi, retrouvé son entrain et ne peut s'empêcher d'en rajouter.

« *Et dire que Pluton a été dégradé au niveau d'un de ces bouts de roc comme Pallas ! Mais attention ! On ne fâche pas impunément le dieu des enfers ! ».* Pauvre Augustin, il fait référence à l'origine du nom de Pluton, ce qui ne passionne pas vraiment les foules et son humour tombe à plat. Heureusement, une fois encore, la petite Wendy réclame la *musique avec les grosses flûtes*. Karl et Augustin n'ont pas le choix. On s'aperçoit à cette occasion que les duettistes acquiescent sans rechigner. Ils ont pris de l'assurance, ce qui, bien entendu va perdre Augustin qui se plante magistralement avant la fin du morceau. Tout le monde rit beaucoup lorsqu'il termine prématurément son attaque sous le regard courroucé de son partenaire. Enfin presque tout le monde, car Pampille reste un bon moment silencieuse, en retrait. Ces deux notes jouée laborieusement par Augustin lui font de nouveau défiler les deux couleurs *rouge / noir* obsédantes qui sont aussi celles du nouveau message qu'elle vient de recevoir de Venmani. L'audition se termine presqu'aussi vite qu'elle n'a commencé et Pampille profite de la dispersion des convives pour s'approcher de Karl et d'Augustin occupés à ranger leurs instruments.

« J'ai un truc là, à vous montrer » puis s'adressant directement à Augustin

« C'est sûr maintenant, c'est la musique qui me donne aussi des couleurs, ça craint ! »

Karl regarde le message puis le passe à Augustin, songeur.

D-rouge-noir-M.

Augustin regarde Pampille avec le plus d'empathie qu'il le peut.

« J'imagine que tu n'as pas idée pourquoi Venmani t'envoie ce message D.I.A.M., c'est bien cela, n'est ce pas ?

* * *

La police d'Edimbourg, par le biais de son inspecteur de brigade Kevin Mc Murray, arrive le lendemain matin pour féliciter l'ex-inspecteur principal de Berlin, Karl Matserath. Celui-là même qui a permis d'identifier un trafic de métal précieux avec l'aide de l'*Astronomy Technology Center* et de sa brillante chercheuse Lizbeth Hume. Rien de cérémonial n'est prévu , juste un petit moment de gloriole assez pittoresque. Logan et Gregor ont tenu à poser – en tenue bien sur – pour la photo qui sera publiée dans la gazette locale. Tout le monde s'accorde à ne *peut-être pas devoir entendre* les hymnes nationaux en version bag-pipe. Logan est faussement déçu, plus préoccupé qu'il est à trouver quatre pneus neufs pour son bolide à cadre en bois. Le lustre va être décroché et sera emmené pour analyses complémentaires. David a anticipé la veille au soir en ramassant les débris, résultat de la chute de la bobèche et a pu examiner rapidement les morceaux de verre dans son atelier pour réaliser, non sans surprise, qu'il ne s'agissait pas de cristal de Bohème mais de simple verrerie, certes trés pure. Il sait bien que le cristal est fait de silice, comme le verre ordinaire, mais il renferme également de l'oxyde de plomb, ce qui augmente la transparence et la réfraction quand il est bien taillé. Et là, pas de doute, les pampilles cassées n'étaient pas faites de cristal de Bohème. Il est retourné au salon désert pour examiner en détail le lustre. Abasourdi, il a réalisé qu'aucune pampille n'était en cristal. Effondré, il a rejoint Lizbeth et partagé son constat.

« Et dire que je n'ai même pas vérifié quand on a monté le lustre, quel amateur ! »

« Tout cela s'est passé dans la précipitation David, n'oublie pas ! » a bien tenté Lizbeth rassurante, pour l'apaiser. Mais rien n'y a fait. Réveillé de bon matin, David a rejoint son petit atelier de verrier et examiné encore, dépité, les débris de verre. Il avait presque oublié la pampille intacte que Logan lui avait remise la veille après son rejet par Béhémoth. Dans la confusion de la journée il l'avait placée dans un petit sac en toile sur son établi. Et là, surprise ! Celle là a bien ce reflet bleu caractéristique quand la lumière la traverse, signature du cristal de Bohème, due à l'oxyde de plomb. Une seule pampille en cristal sur le lot ? Très empiriste – après tout il se nomme aussi David Hume – il se convainct aisément que le hasard n'a rien à faire avec cette singularité, même s'il a joué un certain rôle pour en révéler certains aspects. Non, il n'est pas utile d'en parler à la police qui a déjà cette histoire de Palladium à gérer. Il y a un autre enjeu, qui lui échappe.

...

« Non messieurs, rien de plus, j'ai jeté les débris de verre et voilà la bobèche, celle là même qui a fait l'objet d'une rapide analyse par mon épouse hier aprés-midi »

Le lieutenant de police l'écoute avec gravité, tout en instruisant son équipe en charge de la récupération du lustre. Puis, David s'efface, sans perdre de vue l'opération de décrochage, en se postant à l'entrée du salon d'où est parti le *« missile mou »*. Il est déjà ailleurs,

« Et si finalement mes créations en verrerie de couleur pouvaient faire l'affaire dans le salon, une fois que le lustre sera enlevé ? »

Mais d'abord, il ne veut pas garder le seul vrai cristal de Bohème, sauvé des boyaux de Béhetmoth, dont il n'a pas parlé au lieutenant. Il part à la recherche de Pampille qu'il trouve en promenade solitaire dans le parc. Elle a l'air désemparée. Ce n'est pas vraiment le départ récent de Gregor avec son oncle qui la trouble, quoiqu'il pourrait en penser au même instant, mais plutôt ce nouveau message qu'elle vient de recevoir de Venmani, la simple lettre O ... Elle s'interroge sur la couleur bleue qu'elle lui a immédiatement associée. David interrompt sa rêverie,

« Pampille, je voudrais te remettre ceci sans que l'on en parle nécessairement aux autorités, je ne sais pas vraiment pourquoi. Je t'avoue que Lizbeth non plus, mais on trouve qu'elle te revient. »

Elle saisit le cristal qu'il lui tend, au même instant un rayon de soleil écossais - donc assez furtif - éclaire le cristal qui passe du translucide au petit reflet bleuâtre caractéristique du vrai Bohème, sans ambiguïté. Elle écarquille les yeux, saisit l'objet à pleine main. Ignorant presque la présence de David et s'exclame,

« Venmani ! Mais qu'est ce que tu me fais encore ! »

avant de s'excuser et de remercier son donateur étonné. Puis, sans un mot de plus, elle s'éloigne. Cette coïncidence entre le dernier message de son amie et la vue du cristal est pour le moins troublante.

Question surprises, David pensait avoir fait le plein ces derniers jours. Visiblement non. Il se promet de rapporter cette séquence à Augustin et Karl. Ils comprendront peut-être.

* * *

Logan et son neveu ne sont pas les seuls à être parvenus à quitter le domaine. Iossif a pu faire réparer également les pneus de la camionnette et est allé à Edimbourg pour organiser le dépôt du véhicule, évitant ainsi un long retour par la route.

« *Quoiqu'il en coûte...*[as] » a précisé David.

L'humeur joviale de la veille aux *Golden Heights* a fait la place à une mélancolie active. Les prochains départ pour la France se préparent. Marie-Angèle est déçue sans le dire, ayant espéré un peu vite – et sottement se dit-elle – que l'attraction mutuelle entre sa petite-fille et le neveu de Logan se prolongerait un peu, histoire de la garder prés d'elle plus longtemps. Mais non, elle a décidé de rentrer avec Augustin et Karl. Iossif préfère quand à lui rester quelques temps en Ecosse et aller à Glasgow, où il a déjà fréquenté le *Kynoch Boxing Gym*.

* * *

[as] *Expression devenue célèbre suite à une intervention télévisuelle en France vers la même époque.*

La famille Hume est à la fois rassurée par la perspective d'un retour au calme et aussi tristounette devant les préparatifs de leurs nouveaux amis en partance.

« Heureusement Marie-Angèle nous reste » se plait à dire Lizbeth en s'adressant à Logan, déjà de retour, qui rougit un peu avant de vite reprendre ses esprits.

« Mon neveu Gregor travaille et est vraiment désolé de ne pas pouvoir vous adresser personnellement son farewell, mais il a promis de m'emmener bientôt à Paris, dés que tout le bazar ambiant sera derrière nous [at] *. Cela sera la première fois que je traverserai le mur d'Hadrien mais Marie-Angèle a promis de m'escorter »*

Cette fois c'est elle qui pique un fard. Il reprend,

« Ceci dit, il faudra désormais qu'en mon absence, vous surveilliez un peu mieux mon client récidiviste », en pointant du doigts Béhémoth arrivé à fond de train d'on ne sait où, comme d'habitude.

* * *

Karl a insisté pour passer par Paris avant de rentrer chez lui à Berlin. Augustin commence à connaître son bonhomme – sans doute un des bénéfices de la randonnée partagée – et se doute bien, lui aussi, que l'affaire du lustre ne peut pas se terminer de cette manière. Il ne lui a fait aucun commentaire mais sait qu'il ne lui a pas tout dit. Maintenant bien installés dans le compartiment [au] du train qui les emmène à Londres, il comprend, en observant l'agitation de Karl, que celui-ci veut éclairer ses compagnons de voyage. Augus-

---

at *Sur ce coup là, on va dire que Logan manifeste un certain optimisme.*

au *car oui il existe encore certains trains à compartiments* tin sort de son sac de voyage trois gobelets et une petite flasque et entreprend de les remplir avec un de ces liquides jaunâtres qui donnent du coeur à l'âme.

« Karl, mon ami, je te renouvelle les félicitations de la police locale ! À ta santé ! », puis, enchainant,

« Pampille, je te sais triste de quitter ta grand-mère, voire un peu plus, mais surtout inquiète avec ces messages colorés de Venmani. Aies confiance, nous allons tirer tout cela au clair avec Venmani, n'est ce pas Karl ? Et re-santé à tous les deux ! ». Pampille reste d'abord muette mais finalement ne rechigne pas à gouter le liquide, avant de toussoter *« Ouah ! C'est carré ce truc ! »*

En serait-il ainsi des bons amis ou des partenaires ? Les meilleurs sentiments ne suffisant pas pour garantir la relation dans la durée. Ainsi, l'un devrait toujours surprendre l'autre, le *tirer vers le haut* ? Et réciproquement ! [av] Toujours est-il que Karl se dit que ce vieil excentrique a de la ressource et, en un mot, l'impressionne.

« Alors comme ça Augustin, tu as déjà compris que l'affaire passe par la famille de Venmani ? J'ai du l'appeler lorsqu'on était à l'observatoire pour m'en assurer. Elle a été témoin d'une altercation au Bric-à-Brac suite à la gaffe du Sdeffe qui s'était trompé de colis, puis, ayant reconnu un des personnages présents, elle a enquêté discrètement pour comprendre qu'un trafic de ce métal précieux, le Palladium passe par une échoppe d'antiquaire, propriété d'un 'oncle' à elle ... »

« Moi je dirai plutôt parrain, mais peu importe » l'interrompt Augustin, pendant que Pampille écoute avidement.

---

av   *Une réflexion très Augustinienne, dirait-on ?*

« Il aurait donc mandaté nos 'trois crétins des Alpes' via un réseau familial en Ecosse, avec le succès que l'on sait. Mais le plus lourd est à suivre. Le lustre contenait également une pampille que les Rajasekar veulent absolument récupérer. Elle est reconnaissable car c'est la seule à être en cristal de Bohème » Il se tourne vers la jeune fille.

« Que maintenant tu as dans tes affaires n'est ce pas ?... »

La jeune fille semble défaillir, la tête pleine de messages, de couleurs ... Mais pourquoi donc Venmani ne lui a pas dit clairement les choses !

Augustin n'est pas surpris car David a informé séparément les deux marcheurs de la remise du cristal de Bohème à Pampille. Il choisit de s'adresser à Karl plutôt qu'à Pampille pour lui donner le temps de refaire surface, à son rythme.

« ... Et Venmani, prise entre sa loyauté obligée envers des membres de sa communauté – par ailleurs forts pressants – et ses amis n'a pas pu en parler ouvertement, même à sa meilleure amie ».

Karl enchaine,

« Rassure-toi Pampille, même si tu l'avais appelée, elle aurait esquivé, j'ai du être très clair avec elle au sujet des risques encourus par sa mère et ses sœurs avant qu'elle ne me dise tout ce qu'elle savait »

« Qu'est ce qu'on va faire alors ? C'est claqué au sol cette story ! Je ne veux pas qu'on lui fasse du mal, moi ! »

Les deux hommes se regardent sans rien ajouter, il y a des messages qui transitent sans paroles. Ils attendront d'être de retour à Paris pour en dire plus. La connivence entre eux est bien rétablie et ils reprennent un babillage provocateur qui se veut rassurant pendant que Pampille s'endort, abattue, mais baignée par un vague sentiment de sécurité.

« *Bon, je parlais tout-à-l'heure d'un brillant succès te concernant, mais sans le labo d'astronomie, on n'aurait rien vu, tu es d'accord ?*»

« *Tu n'as pas tort. Par ailleurs je dois dire que ce David Hume 'next generation' m'a étonné lui aussi. Il marche à l'intuition le garçon, heureusement qu'il a gardé le cristal pour le remettre ensuite à la petite* »

« *Faut espérer qu'il sera un peu plus prudent dans son atelier de verres colorés avec sa fille et son chien infernal. Marie-Angèle et Logan ne seront pas toujours là ..* »

« *Quoique ...* » conclue Karl, fier de lui.

* * *

L'arrivée à la gare du nord surprend les voyageurs tant l'atmosphère diffère de celle de Saint-Pancras à Londres. Ce n'est pas tant le retour à l'incivilité institutionnelle française - on s'y prépare - que les masques portés par la presque totalité des personnes qu'ils croisent. A la différence de Londres, où quoique obligatoire, il n'y a pas de sanction lorsqu'on ne le porte pas.

« *Mieux que Londres, surprenant !*»

« *Karl c'est simple, quand il y a amende, ça le fait ...* »

Pampille, bien requinquée, est impatiente et supporte de moins en moins le faux détachement de ses deux protecteurs.

« *Bon, on y va ou pas ?* »

Le trio se sépare. Il est prévu qu'Augustin et Pampille retrouvent Venmani à l'appartement, rue des martyrs. Karl leur confie son bagage et surtout sa clarinette avant de prendre un taxi pour l'adresse communiquée par Venmani au marché Biron. Il a l'impression de revivre un de ses nombreux épisodes quand il fréquentait de gens peu recommandables à Berlin. Le même petit frétillement, mélange d'appréhension et d'excitation. Sauf que cette fois, il est en mode *free lance* et de plus en pays, sinon ennemi, potentiellement hostile.

« *Un peu comme dans Berlin-est après la chute du mur ...* »

* * *

Karl arrive rapidement au marché Biron et se présente chez l'antiquaire **'*Rajasekar - Grand Siècle*'**.

Un « *Monsieur cherche quelque chose de particulier ?*» lui est servi par un personnage d'un cinquantaine d'années d'origine Indienne, sur le mode obséquieux d'usage lorsqu'un visiteur sans doute étranger se présente. Karl a conscience d'avoir le look Teuton (dixit Augustin) et ne s'en préoccupe pas. Il considère que cela sert son personnage. Car, effectivement, il s'apprête à jouer un de ses nombreux rôles.

« *Non quelqu'un, Monsieur Rajasekar* [23]*...* »

L'antiquaire ne feint même pas la surprise.

« *Et, à quel sujet ?* »

Karl note le ton, très légèrement sur la défensive et tente le bluff.

« Si vous êtes comme je le pense Monsieur Rajasekar, des nouvelles de Bohème devrait vous intéresser ? »

« ... »

Il est dit que dans une discussion d'affaire, celui qui parle en dernier n'est pas en bonne posture. Monsieur Rajasekar doit le savoir, il ne répond pas, pendant que Karl le fixe et s'abstient, lui aussi, d'en rajouter. Mais cette non-réponse est en soit une preuve de l'intérêt du boutiquier pour le sujet et Karl le sait. Son interlocuteur sent bien que *ce visiteur inconnu est plus malin qu'il ne le paraît.* Mais surtout le message reçu d'Ecosse ce matin l'inquiète et il n'a donc pas trop le choix,

« On y trouve de beaux cristaux, il est vrai » Finit par lâcher, à regret, l'antiquaire.

Karl est suffisamment vieux pour ne plus se laisser aller à l'autosatisfaction - *« il a mordu »* - et se contente d'entériner. Il se rappelle un autre principe de base. *Le temps, toujours le temps long et rester le maitre du temps.*

« Magnifique, il est vrai »

« Et, ce que qui vous amène ici ...? ».

Dommage, il n'a pas dit *'chez moi'*, pense Karl qui remet une couche.

« Il faudrait juste lui dire, qu'un cristal de grande qualité vient d'arriver d'Ecosse ». Devant le visage maintenant troublé de son interlocuteur, il continue, risquant le tout pour le tout.

« Maintenant, si cela ne l'intéresse pas, il y a bien ce bureau des objets trouvés ... ». L'antiquaire a compris qu'il est ferré, il re-

dresse la tête, regarde Karl posément sans que ce dernier ne manifeste la moindre émotion. « *Non ce n'est pas un flic* » pense t'il.

« *Bon, qu'est ce que vous voulez ?* » Il y a, dans toute négociation, un moment critique où il faut savoir changer de registre. Personne ne doit perdre la face, car dans le cas contraire, l'affect peut prendre le dessus sur l'intérêt partagé et tout le monde y perd. Les deux hommes le savent.

« *Asseyons nous, je peux vous remettre quelque chose auquel vous tenez beaucoup et vous avez le pouvoir de l'obtenir en me remettant certains documents* »

Monsieur Rajasekar ne dit rien mais se dirige vers l'entrée du magasin et retourne un panneau *Fermé* contre la vitre, puis, il tire deux fauteuils dans lesquels les deux hommes s'installent sans précipitation.

* * *

L'attente a été longue et Pampille a été la première à saisir le téléphone d'Augustin quand Karl a enfin appelé.

« *L'affaire paraît bien engagée* »

« *Et c'est tout ?* »

« *C'est toujours l'impatience de gagner qui fait perdre, Pampille !* »

Augustin, Pampille et Venmani sont réunis dans le salon d'Augustin et écoutent le rapport téléphonique de Karl après son passage au marché Biron. Il conclue, toujours aussi sobrement,

143

« *Pampille, tu m'apportes ce que tu sais au bar tabac de ta rue et je ferai ensuite l'échange d'ici deux heures dans une brasserie de la porte de Saint-Ouen, en terrasse publique »*, après une courte pause, il termine sur un ton sans appel.

« *Interdiction d'être dans les parages, Augustin je compte sur toi* »

* * *

Venmani est restée silencieuse la plus part du temps depuis le retour de ses amis, partagée entre ses craintes pour sa famille et pour la sécurité de ses protecteurs. Mais depuis que Karl s'est présenté dans l'entrée de l'appartement d'Augustin, une grande enveloppe sous le bras, on ne peut plus l'arrêter. Il faut dire que Pampille lui fait passer un interrogatoire serré.

Non, elle ne pouvait pas dire clairement ce qu'elle avait appris par indiscrétion sur les activités de son 'oncle'. Oui, ses messages étaient une tentative désespérée de mettre la puce à l'oreille de ses amis, et puis, Oui tout avait empiré depuis deux jours quand l'oncle Rajasekar avait menacé la mère de Venmani, la pensant complice du détournement du lustre. Savoir où était parti le lustre ne lui suffisait plus. Il lui fallait absolument récupérer un cristal de Bohème. Pourquoi ? Le cristal englobait une pierre précieuse. Oui, elle avait dit tout cela à Karl, le sachant être un ancien de la police, elle lui avait aussi expliqué sa situation administrative et le chantage de l'oncle qui possédait des documents confirmant la nationalité française de la famille de Venmani. Son grand père avait même rejoint la France Libre en mille neuf cent quarante !

Pampille tombe des nues mais déjà Augustin prend le relais,

*« Lorsque David Hume nous a parlé de l'unique cristal de Bohème, miraculeusement récupéré et qu'il avait remis à Pampille, Karl et moi avons décidé de faire profil bas et de s'assurer que le cristal revienne à Paris afin de l'échanger contre les document*s »

Pampille sursaute,

« On aurait pu se faire engrainer à la frontière avec ce truc non ? »

« Bah ! Le Brexit c'est pour la fin de l'année, il y avait peu de risques de contrôle de douane, et puis tu étais déjà passée dans l'autre sens avec un lustre bien garni non ? » termine Augustin qui, comme Karl, ne souhaite pas non plus trop expliciter d'avantage ce fameux *profil bas* qu'ils avaient tous deux adopté.

* * *

Plus tard en soirée, une fois les deux jeunes filles parties, ils vont poursuivre longuement leur discussion. Karl n'est pas vraiment convaincu de l'importance du trafic de palladium dans l'affaire.

« OK ça vaut deux fois plus que l'or aujourd'hui, mais de là à prendre autant de risques pour à peine quarante kilos de métal précieux, cela ne colle pas »

« Alors un leurre pour le vrai business avec ce Diam ? »

« Augustin, tu t'en souviens ? 'Absence de preuve n'est pas preuve de l'absence'. A moins de casser le cristal, et là on aurait pu au moins vérifier ... » commence Karl,

« Vieil hypocrite !, tu sais très bien qu'on aurait du faire appel à la police française ! On ne s'est pas gêné en Ecosse non ? »

«... et donc risquer l'expulsion de Venmani et de sa famille ?»

Les deux amis sont en phase depuis le début. L'immoralité à ne pas dénoncer un possible trafic de diamant, dont on ne savait pas grand-chose, ne pèse pas lourd dans la balance à leurs yeux face au sort de Venmani et de sa famille. Certes ils n'ont pas hésité avec les trois lampistes écossais mais il y avait urgence à faire intervenir la police locale, pas de regret. De toute manière, les pieds nickelés ne vont pas rester longtemps enfermés, ils n'ont fait que crever des pneus après tout. En revanche leurs commanditaires vont découvrir que leur petit trafic de Palladium a été repéré. D'ici là, Pampille et sa famille auront déposé les documents récupérés pour régulariser leur situation. Augustin est déjà au taquet pour faire le siège des administrations concernées,

« Un de ses grands Kif » a insisté Pampille en quittant l'appartement pour aller fêter ça avec son amie..

* * *
*

"Je suis inculte parce que je n'en pratique aucun, et insecte parce que je me méfie de toutes."

Raymond Queneau , *Petite cosmogonie portative*

Epilogue

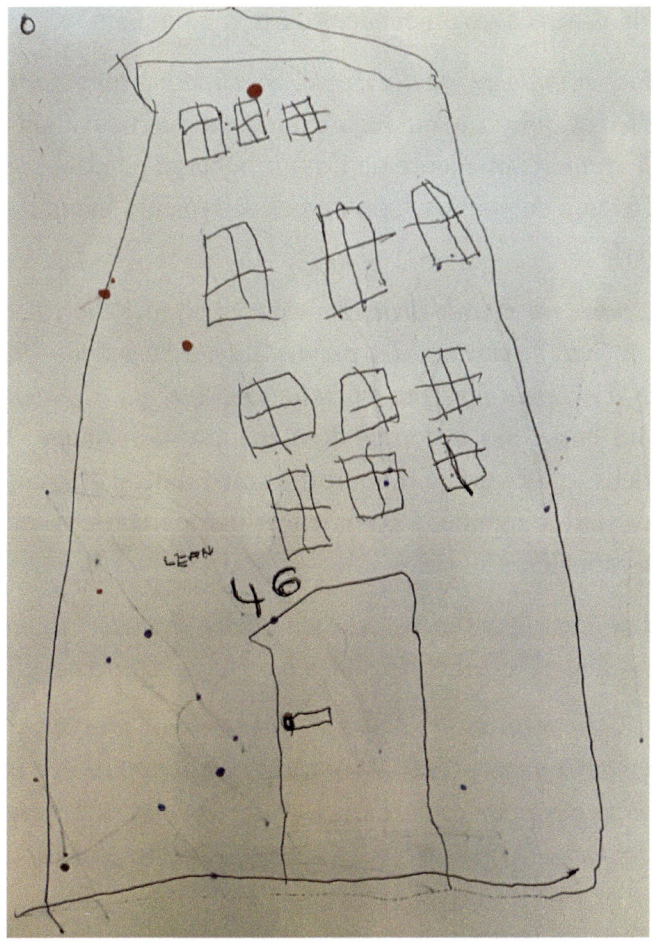

Pampille a décidé d'aider Venmani et sa famille à s'installer à Saint-Etienne pour quelques temps, '*au plus vite et un peu à l'écart du monde donc*', comme leur a conseillé Augustin. Après un ultime passage administratif en préfecture, il les accompagne à la gare de Lyon. Les adieux sont chaleureux et brefs. Avant de rentrer chez lui, il passe au *Bric-à-Brac* pour y trouver Pierrot en plein rangement, ou dérangement, c'est selon. Le Sdeffe a bel et bien disparu de la circulation et serait maintenant en Ariège pour y faire pousser des champignons dans des caves aménagées dans la montagne.

« *Pas n'importe quelle sorte de champignons sans doute* » précise Pierrot qui dit avoir reçu également des nouvelles de Iossif. Celui-ci le remerciait encore de l'avoir hébergé pendant son passage à vide et exerce de nouveau son métier de boxeur, quand il trouve un club ouvert.

« *Quand au Bric-à-Brac,* finit par expliquer Pierrot, *je tourne la page, je vais le fermer. La porosité avec ce monde du fric aux alentours n'est peut-être pas si judicieuse que ça* ». Augustin, surpris, ne lui laisse pas le temps de s'épandre d'avantage. Ils savent tous les deux que ce genre d'endroit, fragile radeau de sauvetage, arrange bien tout le monde, à commencer par les services sociaux et il tient à lui rappeler.

« *Les deux personnes que tu viens de citer – parmi tant d'autres – démontreraient peut-être bien le contraire non ?* »

« *C'est gentil de le penser Augustin, mais non, c'est terminé, je vais passer à autre chose, il y a de quoi faire en ce bas monde. Et ne t'inquiète pas pour la permanence des étrangers de l'assoce, il y aura bien une salle disponible dans la paroisse la plus proche ...* »

* * *

La fin de l'été approche, les nouvelles du front (sanitaire) qu'il lit sur les titres de la presse affichée dans son kiosque de quartier ne sont pas excellentes. Augustin arrive devant son immeuble et franchit la porte cochère du 46. Il remarque à peine le panneau « *Fermé*», accroché sur la porte vitrée de la loge du concierge, sobre témoin d'un changement majeur du déroulé matinal de son quotidien. Il ouvre sa boite aux lettres, sans savoir à l'avance ce qu'il y trouvera, *'comme avant'*, quand Marie-Angèle lui commentait son arrivage du jour devant sa loge. Il y pioche une carte postale très *old style* de Karl, bien rentré en Allemagne - au grand bonheur de sa compagne qui l'a trouvé très épanoui suite à son voyage – et prêt pour tout autre aventure que lui proposerait « *son pote de Paris* »...

« *Ben voyons ! ...* » pense Augustin, de fait très flatté. Une fois dans son appartement, il ouvre grand les fenêtres qui donnent sur une rue toujours aussi bruyante. À ce stade de l'histoire, un joli perroquet, genre *Charlie-de-retour*, pourrait s'engouffrer dans l'appartement et se poser doucement prés de son ancien compagnon. Il n'en est rien.

« *Faut pas pousser le bouchon trop loin* » dit à haute voix Augustin dont le regard balaie pourtant les ouvertures béantes. A tout hasard. La rumeur extérieure envahit toute la pièce. Il s'assied et contemple un agrandissement d'un morceau de cosmos étoilé qu'il avait affiché avant son départ pour l'Ecosse.

« *Tout ce temps passé entre ces foutus trous noirs et Pluton, vraiment ...* »

La copie d'écran qu'il avait imprimée et accrochée sur le mur, incluait le commentaire élogieux d'une certaine E.Lastic. Ses pensées se mettent alors à vadrouiller, à la vitesse de la lumière, forcément.

« Et si le déconfinement était élastique ? Attention de ne pas trop tirer pour qu'il ne pète pas à la gueule ! ».

Il s'agit donc de profiter du moment. Il quitte le mur des yeux, prêt pour un saut dans le système solaire, plus proche et en solo. Il se cale dans son fauteuil face aux fenêtres. Privilège du quatrième étage, il peut contempler le ciel dégagé au dessus des immeubles de l'autre côté de la rue.

« Dis Siri [aw], joue moi le moment musical opus 94-3 de Franz Schubert »

---

aw   *ou OK Google ou Alexa, selon affinité. Dans tous les cas - le narrateur se doit d'insister - dans la version interprétée par le Klarinettenquartet Antea.*

Sommaire

chapitre 1   Sapin et ça craint   p. 9
illustration par Anton

chapitre 2   Augustin broie du noir et cela peut-être contagieux   p. 27

chapitre 3   Panique à Georgian Hights   p. 39
illustration par Anton

chapitre 4   Au bout du tunnel ?   p. 53

chapitre 5   Au delà du mur   p. 67
illustration par Leah

chapitre 6   Schubert aimait-il le Haggis   p. 95

chapitre 7   Ça fait des lustres   p.113
illustration par Anton

chapitre 8   Bamboche sans bobèche   p.129
illustration par Leah

Épilogue   p.147
illustration par Leah

© *didier moity*

1 **Pampille**
Petite fille de Marie-Angèle. Originaire de Saint-Etienne.

2 **Augustin Triboulet** augustin.triboulet@gmail.com
Sexagénaire parisien, héros (malgré lui et alors très jeune) d'une bande dessinée. Il a (re)pris vie sur le tard, à l'occasion d'un premier petit écrit "Augustin qui n'était pas un saint et les autres". Grand amateur de marches et d'enquêtes en tout genre, autant que de bonnes bières.
NB : Il y aurait une lointaine parenté avec Nicolas Ferrial, dit Le Févrial, alias Triboulet, né en 1479 à Blois bouffon de la cour de France. Rabelais le faisant intervenir dans le Tiers Livre où il répond à sa façon burlesque aux doutes de Panurge concernant le mariage...

3 **Marie-Angèle-Angèle** (Maria dos Anjos)
Concierge du 46 Rue des Martyrs. Elle a pris en affection Augustin Triboulet, beaucoup moins son perroquet dans "Bazar et Cécité".

4 **Charlie**
Perroquet de la famille des Psittacidés (et non de celle des Strigopidae comme certains ont pu l'insinuer) adopté par Augustin Triboulet. Volatile incontournable dans "Bazar et Cécité" plus discret depuis.

5 **Karl Matserath**
Inspecteur principal de la police Berlinoise également qualifié d'investigateur principal. Cela sonnait bien.

6 **Serge**
Dit le Sdeffe, car sans domicile fixe, personnage énigmatique accueilli ou recueilli par Pierrot au Bric-à-Brac. Grand amateur de jardinage en sous-sol.

7 **Iossif**
Boxeur populaire en Géorgie dont la carrière internationale est quelque peu perturbée par les temps qui courent.

8   **Eloïse Lastic**
    Scientifique renommée quoiqu'un peu virtuelle. Anime le blog des 'orphelins de la neuvième'. Entre autres occupations.

9   **David Hume**
    Epoux quelque peu oisif et créatif de Lizbeth.

10 **Lizbeth Hume**
    Jeune chercheuse en astrophysique et chef de la petite famille Hume.

11 **Wendy Hume**
    Fille de David et Lizbeth. Très dégourdie du haut de ses six ans.

12 **Béhétmoth**
    Golden retriever de la famille Hume. Très enthousiaste et éternel affamé.

13 **David Hume** *(l'autre)*
    Philosophe écossais né le 7 mai 1711 à Édimbourg et mort le 25 août 1776 dans la même ville, également économiste et historien. Son importance dans le développement de la pensée contemporaine est considérable. On ne retint pourtant longtemps de sa pensée que son supposé scepticisme, mais on a pu montrer depuis le caractère positif et constructif de son projet philosophique. Il est précurseur de disciplines qui naîtront bien plus tard comme les sciences cognitives.

14 **Logan Gordon**
    Vétérinaire, bientôt en retraite, à Edimbourg.

15 **Haggis**
    Panse de brebis farcie.

16 *Trous noirs super massifs :*
    Savourez le superbe accent écossais pour (re)découvrir ces monstres du cosmos, grace à cette vidéo de James Aird:
    https://www.roe.ac.uk/vc/public/astronomy-talks/videos/20210308.html

17 *La bochèche à pampilles !*
    Et dire qu'Il aura fallu attendre la page 71 pour enfin savoir ... pfoui !...

18   ***Voyelles** (1871) de Rimbaud*
*A noir, E blanc, I rouge, U vert, O bleu : voyelles,
Je dirai quelque jour vos naissances latentes :*

*A, noir corset velu des mouches éclatantes
Qui bombinent autour des puanteurs cruelles,
Golfes d'ombre ;*

*E, candeurs des vapeurs et des tentes,
Lances des glaciers fiers, rois blancs, frissons d'ombelles ;*

*I, pourpres, sang craché, rire des lèvres belles
Dans la colère ou les ivresses pénitentes ;*

*U, cycles, vibrement divins des mers virides,
Paix des pâtis semés d'animaux, paix des rides
Que l'alchimie imprime aux grands fronts studieux ;*

*O, suprême Clairon plein des strideurs étranges,
Silences traversés des Mondes et des Anges :
- O l'Oméga, rayon violet de Ses Yeux !*

19 **Hu**
Célèbre groupe de musiciens rock de Mongolie. L'auteur recommande l'écoute du morceau Yuve Yuve Yu ou de Shireg Shireg qui rythmera une longue marche sur le sentier de son choix.

20   Dans la communauté **Tamoul,** on utilise largement les termes de parenté pour s'adresser à des aînés qu'ils vous soient ou non apparentés. Chacun se trouve ainsi dans un filet de relations familiales réelles ou fabriquées. Il se sent faire partie d'un groupe qui tend d'ailleurs à se comporter comme tel et à ne laisser qu'une toute petite place à l'initiative personnelle. La famille proche représente le premier niveau social, puis vient la famille élargie et enfin la société tout entière structurée, elle aussi sur le modèle familial. Cela peut être source de tensions lorsque ce modèle rencontre une société individualiste.

21 **Gregor**
   Neveu de Logan Morgan. Dans le genre costaud, on fait guère mieux.

22 **Address to a Haggis de Robert Burns**
   Good luck to you and your honest, plump face,
   Great chieftain of the sausage race!
   Above them all you take your place,
   Stomach, tripe, or intestines:
   Well are you worthy of a grace
   As long as my arm.

   The groaning trencher there you fill,
   Your buttocks like a distant hill,
   Your pin would help to mend a mill
   In time of need,
   While through your pores the dews distill
   Like amber bead.

   His knife see rustic Labour wipe,
   And cut you up with ready slight,
   Trenching your gushing entrails bright,
   Like any ditch;
   And then, O what a glorious sight,
   Warm steaming, rich!

   Then spoon for spoon, the stretch and strive:
   Devil take the hindmost, on they drive,
   Till all their well swollen bellies by-and-by
   Are bent like drums;
   Then old head of the table, most like to burst,
   'The grace!' hums.

   Is there that over his French ragout,
   Or olio that would sicken a sow,
   Or fricassee would make her vomit
   With perfect disgust,
   Looks down with sneering, scornful view
   On such a dinner?

Poor devil! see him over his trash,
As feeble as a withered rush,
His thin legs a good whip-lash,
His fist a nut;
Through bloody flood or field to dash,
O how unfit.

But mark the Rustic, haggis-fed,
The trembling earth resounds his tread,
Clap in his ample fist a blade,
He'll make it whistle;
And legs, and arms, and heads will cut off
Like the heads of thistles.

You powers, who make mankind your care,
And dish them out their bill of fare,
Old Scotland wants no watery stuff,
That splashes in small wooden dishes;
But if you wish her grateful prayer,
Give her [Scotland] a Haggis!

23 ***Rajasekar***
Patronyme Tamoul assez courant. Dans notre affaire, celui d'un antiquaire plus ou moins apparenté à la famille de Venmani.

* * * * *
* * *
*